T0349384

Canción de amor de Auschwitz

Canción de amor de Auschwitz

Mario Escobar

Papel certificado por el Forest Stewardship Council®

Primera edición en este formato: octubre de 2024

© 2024, Mario Escobar
Autor representado por Bookbank Agencia Literaria
© 2024, Penguin Random House Grupo Editorial, S. A. U.,
Travessera de Gràcia, 47-49. 08021 Barcelona

Printed in Spain – Impreso en España

ISBN: 978-84-666-7995-4
Depósito legal: B-12.600-2024

Compuesto en Llibresimes, S. L.

Impreso en Black Print CPI Ibérica
Sant Andreu de la Barca (Barcelona)

BS 7 9 9 5 4

A mi amada mujer Elisabeth, que no solo me acompañó a Auschwitz y se apasionó con este libro: con ella vivo una historia de amor que dura más de treinta y dos años. ¡Quiero que pasemos juntos todo el tiempo que la vida nos regale, sigues siendo esa mujer de la que me enamoré perdidamente!

A las más de un millón cien mil personas que fueron encarceladas y exterminadas en Auschwitz, aquella terrible fábrica de muerte que devoraba cada día a más de cinco mil personas

Lo contrario del amor no es el odio, es la indiferencia. Lo contrario de la belleza no es la fealdad, es la indiferencia. Lo contrario de la fe no es la herejía, es la indiferencia. Y lo contrario de la vida no es la muerte, sino la indiferencia entre la vida y la muerte.

ELIE WIESEL,
prisionero de Auschwitz

Yo les dije que éramos como los demás; que teníamos manos, cara y ojos. Que no éramos animales. Pero ya no éramos personas. Ya no éramos nadie.

ANNETTE CABELLI,
prisionera de Auschwitz

La historia sin tragedia no existe; el conocimiento es mejor y más saludable que la ignorancia.

H. G. ADLER,
prisionero de Auschwitz

El odio es fácil. El amor exige esfuerzo y sacrificio.

MAREK EDELMAN,
prisionero de Auschwitz

Introducción

En el año 2015, incluí en la introducción de mi libro estas palabras: «*Canción de cuna de Auschwitz* ha sido la novela que más me ha costado escribir a lo largo de mi carrera profesional». Sé que adentrarme de nuevo en el abismo que supone Auschwitz dejará en mí secuelas profundas. C. S. Lewis se enfrentó a una sensación similar tras publicar sus obras *Cartas del diablo a su sobrino* y *El diablo propone un brindis*; sumergirse en el mal en estado puro siempre deja una huella en nuestra alma, pero, si *Canción de cuna de Auschwitz* era una obra necesaria en 2016, hoy lo es mucho más.

En estos años hemos experimentado una pandemia mundial, el resurgimiento del Telón de Acero y el sabor ácido y metálico de la pólvora, el que deja la guerra tras de sí. En 2016, mientras hacía una gira por gran parte de Hispanoamérica, ya intenté advertirlo: el odio y el miedo se estaban apoderando de la humanidad. Los dos ingredientes indispensables para que el caos tomara de nuevo el control del mundo. Y lo único que puede frenar esta espiral de odio que parece no tener fin es el amor.

La historia de amor de Helen Spitzer (Zippi) y David

Wisnia fue uno de los mayores actos de rebeldía contra el régimen de terror nazi. Que una increíble relación amorosa naciera en las entrañas mismas del infierno nos permite albergar un atisbo de esperanza en la raza humana, que muchos estábamos perdiendo. *Canción de amor de Auschwitz* no trata sobre el mal y sus consecuencias, sino que es sobre todo una novela acerca del poder del bien para combatirlo y neutralizarlo. Una vez más, ante un libro como este, tengo que contener el aliento e intentar mostrar la grandeza de las almas de una pareja joven que ocultó su amor en Birkenau y logró derrotar la deshumanización que imponía Auschwitz.

La humanidad parece una simple anécdota en la historia del universo, pero el idilio entre David y Zippi nos recuerda que, en medio del horror, podemos tomar las decisiones correctas e impedir que nuestra alma se contamine. No importa que el mundo entero se oponga, el amor verdadero es capaz de vencer las barreras del tiempo y el infierno mismo de la Segunda Guerra Mundial. Creo que este libro me ha ayudado a reflexionar de una forma aún más profunda sobre la necesidad de que el amor vuelva a ser el centro de nuestro ser más íntimo; un amor incondicional, que es capaz de entregarlo todo sin esperar nada a cambio. Estoy aprendiendo a amar con mayor generosidad, dejando que mi ego se disuelva en un océano incontenible de misericordia.

Carmen Romero y Ana María Caballero, mis editoras, han creído que una vez más debemos alzar la voz para que el mundo no olvide, que todos necesitamos conocer esta historia para que no nos arranquen la pequeña parte de humanidad que aún queda en cada uno de nosotros. Ahora depende de ti, querido lector, de tu amor por la verdad y la justicia, como sucedió con *Can-*

ción de cuna de Auschwitz. Ayúdanos a dar a conocer la historia de David y Zippi para que el mundo no olvide que, en el momento más oscuro, el amor triunfó de nuevo sobre el horror y que aún tenemos esperanza.

Madrid, 23 de abril de 2024,
día del Libro

Prólogo

Manhattan, Nueva York, agosto de 2016

«Te he estado esperando todo este tiempo».

Miré a aquella anciana frágil en la más absoluta soledad de su apartamento de Manhattan, con la cama repleta de libros, y sus palabras, que comenzaron casi como un susurro, fueron tomando fuerza hasta que detrás de aquella máscara de vejez vislumbré a Zippi. Su voz apenas había cambiado: era la misma que me susurraba palabras de amor en la Sauna, la misma de la que me había enamorado perdidamente y la misma mujer con la que había hecho el amor por primera vez. Sus rasgos parecían desdibujados en aquel rostro lleno de arrugas, como si el tiempo hubiera querido reflejar en él todo lo que había vivido.

«Te estaba esperando», repitió. Sentí un estremecimiento y me pregunté cómo habría sido mi vida junto a ella. Después me fijé en mi hijo, que me había acompañado hasta aquel apartamento en la mejor zona del bajo Manhattan, y vi que se desvanecía ante mis ojos como si se tratara de un fantasma. No podemos vivir otras vidas sin perder de alguna manera la que hemos construido durante décadas.

«Intenté verte», le contesté. Pero eso había sido mucho tiempo después, en una vida muy diferente. Ahora, al tenerla delante de mis ojos, comprendí lo distinta que hubiera sido mi vida a su lado.

Ella sonrió. Me pareció la mujer más solitaria del mundo, a pesar de tener unos cuidadores que se ocupaban de ella en todo momento.

«Te salvé muchas veces».

La miré con los ojos muy abiertos, aunque las cataratas me impedían distinguirla con claridad. Y recordé su rostro blanco, sus inmensos ojos oscuros tan llenos de inteligencia y su pelo negro como aquellas interminables noches en Auschwitz.

«Te saqué de la lista, tenías que vivir. Eras tan bueno, con el corazón repleto de amor y una voz prodigiosa».

Le apreté la mano fría y palpé sus huesos bajo la piel. En ese momento, me vinieron a la mente los cuerpos que vagaban por la avenida de Birkenau, muertos vivientes que anunciaban lo que sabemos desde nuestro nacimiento: más tarde o más temprano a todos nos alcanza el mismo final.

Yo no tenía a qué aferrarme en aquel infierno, lo había perdido todo, y ella fue la luz capaz de iluminar mi oscuridad. Me lo enseñó todo: a hacer el amor entre lágrimas, a sentir y a amar. Con ella aprendí el verdadero significado de la palabra «amor».

1

DAVID

Varsovia, verano de 1941

Ya lo había perdido todo: primero a mi hermano Moj-żesz, después al resto de mi familia. Aquel día, el destino me salvó. Mi padre no se encontraba bien y me pidió que lo sustituyese en su trabajo en el aeródromo. No había salido desde que los nazis habían construido el muro. Al principio me pareció una excursión emocionante; necesitaba saber si, al otro lado, Varsovia continuaba igual que siempre. Amaba las calles estrechas del centro y las avenidas amplias con sus edificios de fachadas decoradas al estilo francés. Necesitaba pasear junto al Vístula e imaginar, aunque fuera por un instante, que la guerra y la ocupación alemana eran una pesadilla que no tardaría en disiparse.

El camión en el que me tambaleaba olía a orín y a heces. Cuando atravesamos la puerta, intenté olvidar a los niños famélicos que me habían mirado suplicantes, sin entender qué habían hecho para vivir a este lado del paraíso. El camión estaba casi lleno cuando se detuvo, pero logré acomodarme cerca de la parte trasera. Afuera todo se veía limpio y ordenado, y la gente caminaba indiferente hacia su trabajo, como si nosotros fuéramos invisibles o, peor aún, como si nunca hubiéramos existido.

Al regresar, sentí que aquella breve felicidad se esfumaba por completo. El camión entró de nuevo a este lado del muro y la muerte comenzó a apoderarse de nuevo de mis pensamientos. Nos estábamos aproximando al edificio en el que vivíamos hacinados, en un minúsculo apartamento, cuando un soldado detuvo el transporte. Entendí a medias lo que decía al conductor, pero me sacó de dudas el cartel que habían colocado en la calle. Al parecer, el tifus se había extendido por la zona y habían puesto en cuarentena a todos los residentes. Intenté bajar, pero un hombre de cierta edad me agarró del brazo y negó con la cabeza.

Mi familia estaba allí, entre los prisioneros que formaban enfrente de los edificios. Reconocí el abrigo marrón de mi madre, la mano de mi padre apoyada en su espalda, siempre intentando cuidarla y protegerla, y también a mi abuelo y a mi hermano pequeño. Los nazis los pusieron en fila y comenzaron a disparar sus ametralladoras. Sentí los fogonazos como si me agujerearan a mí. Eran todo lo que tenía en el mundo. Me invadió de nuevo el impulso de correr hacia ellos, de morir tomado de la mano de mi madre, pero mi instinto de supervivencia me impidió saltar del camión.

La policía judía apiló los cuerpos ensangrentados hasta convertir en una masa informe a los seres que más amaba en el mundo. En ese momento, bajé del camión, me arranqué el brazalete que había llevado con tanto orgullo y me precipité hacia la alambrada, en uno de los tramos donde tenía menor altura. Salté sobre las púas y logré trepar. Sentía que los pinchos me atravesaban la piel, pero tenía quince años y unas ganas insaciables de sobrevivir. Debía resistir al menos yo, no podía permitir que toda mi familia desapareciera para siempre.

Escuché unos gritos en alemán a mi espalda, pero no me detuve. Las balas zumbaban a mi alrededor. Me lancé al otro lado de la alambrada y eché a correr hacia una calle cercana. Esperé hasta que pasó el tranvía, al que me subí agarrado por fuera. Quería ir a la casa de mi vieja amiga Wanda, que tenía un restaurante en el barrio de Praga. La vi desde el otro lado del cristal y comencé a golpearlo. Wanda me miró con sus ojos azules y percibí su miedo.

—¿Qué haces aquí?

—He escapado, no puedo explicártelo. Tienes que sacarme un pasaje para Sochaczew, allí tengo amigos que pueden ocultarme.

—Lo intentaré, pero ¿dónde está tu familia?

Negué con la cabeza antes de que, sin sentir nada, dos lágrimas salieran de mis ojos y cruzaran mi cara sucia y llena de sudor.

—Lo siento —me dijo mientras me abrazaba.

Tuve que esperar a que Wanda terminara su turno. Me llevó hasta la estación, me compró el billete y, mientras se despedía de mí, me abrazó de nuevo. Noté sus lágrimas en la mejilla.

—Cuídate.

Subí sereno al tren; no quería despertar sospechas. Si algo había aprendido en el gueto era a insensibilizarme lo más posible. Una hora más tarde me encontraba en Sochaczew, pero el barrio judío estaba desierto: no quedaba nada de la pequeña ciudad donde me había criado y que había sido el escenario de mis juegos infantiles. Entonces pensé en los cristianos que conocía. Les pedí ayuda, pero todos me fueron cerrando la puerta en las narices, hasta que llegué a la casa de un antiguo compañero de fútbol.

—¿Dónde está tu familia?

La pregunta de la mujer fue como si sintiera una punzada en el corazón.

—Entra, pero por la noche vienen a casa unos alemanes —añadió—. Tendrás que irte a otro lugar.

—No tengo a donde ir —le contesté, desesperado.

—Cerca de aquí vive un antiguo empleado de tu abuelo. Está solo y es un hombre mayor, tendrá algún lugar para ti.

En cuanto se puso el sol, me marché. Todo estaba oscuro, pero logré dar con la casa del anciano. Llamé con insistencia a la vieja puerta de madera y, cuando estaba empezando a desesperar, el hombre abrió. No me preguntó nada, me hizo pasar y me acerqué al fuego. Mientras me calentaba las manos, le conté todo lo que había sucedido. Al revivirlo, me hundí de nuevo. Regresó a mi mente aquella pila de cadáveres: los restos de mi familia que los nazis ya habrían incinerado para no dejar huella. El hombre me abrazó y comenzamos a llorar.

—Duerme en mi cama, mañana iremos a un pueblo cercano. Allí están tu prima y tus tíos. Es un gueto controlado por los nazis, pero no puedes continuar solo.

No supe qué responder. En cuanto apoyé la cabeza en la almohada, me quedé profundamente dormido.

Al día siguiente caminamos hasta Czerwinsk. El anciano me abrazó con fuerza antes de que yo entrara en el gueto. No tardé mucho en encontrar a mi prima Fayga, que vivía en una minúscula habitación con sus dos hijos y mi tío. Tuve que contar otra vez lo sucedido, y en cada ocasión sentía que mi familia moría de nuevo y su recuerdo se desvanecía un poco más.

—No podemos darte de comer, las cartillas de racionamiento apenas nos llegan para nosotros —me comentó mi tío.

—No se preocupe, señor, puedo conseguir un poco de comida cantando.

Los siguientes meses los pasé intentando sobrevivir por las calles mugrientas del gueto, pero cada noche tenía un mendrugo de pan que llevarme a la boca. Entonces comenzaron las deportaciones.

En el primer transporte se llevaron a mi tío. La Gestapo había obligado a las personas mayores y a los enfermos a reunirse en el patio, y desde allí los habían trasladado hasta la estación de tren.

Un día después, el 12 de diciembre de 1942, mi prima con los niños y yo fuimos los siguientes. Nos hicieron subir a vagones para el ganado.

Mientras Fayga se encaramaba con el más pequeño, yo ayudé al otro niño. Nos quedamos en un lado, apenas había sitio. El olor era insoportable, pero al menos el frío impedía que nos asáramos de calor. Fayga intentó calmar a los niños, aunque el agotamiento y el hambre terminó por dejarlos sin fuerzas. Las quejas de las primeras horas dejaron paso a un silencio incómodo que solo se rompía cuando alguien se desmayaba, exhausto. Los ancianos y los niños más pequeños fueron los primeros en sucumbir. No había agua ni comida y los más débiles eran incapaces de resistir el viaje. La oscuridad del vagón era casi total, pero podía escuchar los gemidos de las madres llorando por sus hijos muertos y los gritos desesperados de los ancianos que intentaban mantener en pie a sus esposas, hasta que estas perdían el conocimiento y, después, la vida.

—No vamos a salir de aquí —me dijo mi prima en

un susurro. Entonces comenzó a recitar una oración fúnebre—: «Oh, Guardián de Israel, que no duermes ni reposas, somos el pueblo de tu pasto y las ovejas de tu mano. Envuélvenos seguros en tu amor. Y si en nuestro dolor y soledad, y en los momentos de desolación, nos desviamos de seguirte, no nos dejes, fiel Guardián, sino acércanos a ti».

—Todavía estamos vivos —le dije algo enfadado. No quería morir sin conocer el amor, sin besar a una mujer, sin saber qué era la felicidad.

—Ya estamos muertos, mira a tu alrededor.

Escuché los gemidos de los que agonizaban, la respiración fatigada de los bebés que ya no podían mamar de los pechos de su madre, los rezos furiosos de los rabinos que no entendían por qué Dios nos había abandonado.

Entonces, miré a mi alrededor, pero lo único que contemplaron mis ojos fue una profunda oscuridad.

2

ZIPPI

Auschwitz, diciembre de 1942

Había llegado al campo hacía algo más de nueve meses y ya me parecía que la vida antes de Auschwitz era tan solo un sueño. Habíamos salido de Patrónka en marzo, pero no sabía la fecha exacta en la que nos habíamos detenido en la «parada de la muerte». Eran las cinco de la tarde y, cuando los alemanes comenzaron a gritarnos, bajamos de los vagones precipitadamente. Sus uniformes verdes y las botas negras parecían brillar bajo aquel sol abrasador. Me quedé observando la gorra de uno de los nazis, pues aquella calavera me dejó petrificada. Un oficial me miró directamente a los ojos y percibí su odio con claridad, como si le costase estar cerca de todas nosotras. Intentamos andar lo más rápido posible, pero estábamos somnolientas por el hambre y la falta de horas de sueño.

Comenzamos a caminar por el barro. Se nos pegaban los zapatos y, mientras la mayoría mantenía la cabeza gacha, yo no dejaba de mirar a un lado y a otro. Tal vez quería ver a mi hermano Sam o encontrar a mi padre. Vi los álamos a lo lejos. Aún no habían salido las hojas nuevas, y las viejas se mecían con un aire repleto de cenizas. La noche se aproximaba y aquel lugar parecía ser la antesala del infierno. Incluso pensé que estaba muerta y que mis pecados me habían llevado al Hades. A los lados, tras las alambradas, se movían los cuerpos de autómatas que cargaban pesadas piedras. Llevaban un uniforme raído y la cabeza completamente pelada.

Nos metieron por unas grandes puertas en un campo y leí algo en alemán: KONZENTRATIONSLAGER. Aquello no era un campo de trabajo, como nos habían prometido, era un campo de concentración. Al fondo vi una casa de color rojo y una gran chimenea próxima.

No éramos las primeras. Unas mil chicas eslovacas habían llegado unos días antes; el campo de mujeres estaba casi lleno. En la entrada, las *kapos*, la mayoría alemanas del campo de Ravensbrück, nos gritaban aún más fuerte que los soldados de las SS.

Nos introdujeron en un edificio y nos ordenaron que nos desnudáramos. La mayoría lo hicimos como autómatas porque ya estábamos acostumbradas a aquel tipo de humillaciones. Nos colocaron contra una pared y una de las guardianas nos apuntó con una enorme manguera. Sentimos como el agua a presión nos perforaba cada centímetro de nuestra piel. Nos empujaron hasta otra zona y allí unas mujeres gitanas nos raparon el pelo con tijeras o máquinas de trasquilar. A mí me tocó lo segundo. Cuando me arrancaron la melena negra, el dolor fue insoportable; la sangre me corría por la cabeza y me bajaba por las mejillas. Después nos depilaron el resto del cuerpo y nos obligaron a salir a la intemperie. El frío hacía que nos escocieran aún más las heridas.

Los SS nos miraban con una mezcla de deseo y desprecio. Todas desnudas no éramos mucho más que un pedazo de carne sin demasiado atractivo. Nos habían despojado de nuestras ropas, pendientes, joyas y sombreros. Nos parecíamos a Eva, sorprendidas y avergonzadas de nuestra desnudez, pero no solo de la corporal, también de la del alma.

—¡Sois escoria judía! —gritó un soldado. Para mi sorpresa no lo hizo en alemán, sino en ucraniano.

Nos llevaron hasta unos montones de ropa. Muchas de las prendas estaban manchadas de sangre y tenían agujeros de bala. La mayoría pertenecía a los antiguos prisioneros rusos que los nazis habían utilizado para construir algunos de los barracones.

A mis compañeras les dieron zuecos, pero a mí me dejaron mis zapatos. Nos llevaron a los barracones de ladrillo y nos asignaron jergones de paja, que aún olían a sus antiguos dueños soviéticos.

Con la llegada de un nuevo contingente, siempre rememoraba todo aquello. Ahora vestía ropa limpia, que no me quedaba mal, y mi pelo había crecido un poco. Sentada en la mesa de registro sentía, de alguna manera, que, mientras siguiera llegando gente y los nazis me necesitaran, me mantendrían con vida. Por eso compartía con mis compañeras la euforia que producía en todas nosotras un nuevo tren con prisioneros.

Miré a Johanna Langefeld, la jefa del campo. Aquel era su domino y no permitía que ningún hombre entrara. Sabía que no era capaz de gestionar todo aquel gentío y por eso, en cuanto pude, intenté hacerme imprescindible, aunque era consciente de que en el fondo nadie lo era en Auschwitz. Allí era tan solo un número, el 2.286, y mi nuevo hogar era el bloque 9, donde nos hacinábamos más de quinientas mujeres. La mayoría de mis compañeras eran gitanas, delincuentes y prisioneras políticas. No me ingresaron con el resto de las mujeres judías porque me habían acusado de pertenecer a la resistencia, aunque simplemente había ayudado a mi hermano Sam y a mi prometido.

Las primeras semanas fueron horribles. Trabajé en uno de los comandos encargados de la construcción de Birkenau. Por la noche llegaba al barracón agotada, con làs manos llenas de heridas, y sentía que la vida se me escapaba poco a poco. Hasta que entre las prisioneras reconocí a Katya, una antigua amiga que trabajaba ordenando papeles en la oficina de las SS. En cuanto me vio, me ofreció un cargo de supervisora de bloque, pero yo no quería ser una *kapo* y tener que maltratar a mis compañeras.

Pasé tres meses terribles hasta que conocí a Eva, la encargada de rotular los carteles del campo. Era una prisionera política alemana y le conté que aquella era mi profesión. Tuve la suerte de pasar el otoño y el invierno trabajando en aquella sección tranquila y al resguardo de la nieve.

Desde mi nueva posición podía escribir postales a casa. Por eso sabía que Sam y Tibor, mi prometido, estaban vivos.

Unos meses más tarde me destinaron al campo de mujeres en Birkenau y las cosas empeoraron de nuevo. Temíamos que en cualquier momento nos eliminaran con la excusa de una epidemia de tifus. Había estado en el temido bloque 27, la enfermería, y me había librado por poco de ser gaseada.

Nadie era imprescindible en Auschwitz. Una mirada a una guardiana, una pequeña infección o un descuido y podías terminar en la fila que llevaba a las cámaras de gas, morir a latigazos a manos de una vigilante furiosa o sucumbir a la desesperación y a la enfermedad.

Los días discurrían monótonos una vez que te acostumbrabas al horror. Hasta que llegó David y entonces mi vida cobró de nuevo sentido. El hombre más apuesto de Auschwitz, un verdadero ángel entre tanta oscuridad.

3

DAVID

Auschwitz, diciembre del 1942

Nunca me he considerado un hombre nervioso, pero aquella mañana, cuando el tren se detuvo después de tres días de viaje ininterrumpido, noté como un escalofrío recorría mi espalda. Los hijos de mi prima estaban agotados y sin energías, y ella parecía anulada y superada por las circunstancias. En el momento en que oímos los frenos del convoy, nos encontrábamos cerca de los cadáveres amontonados. Había visto tantos en los últimos años que apenas me impresionaban, pero el hedor del cubo lleno de heces no dejaba de provocarme náuseas.

Escuchamos unos golpes en las puertas y, a continuación, las voces fuertes de los nazis que gritaban: «*Raus, Juden, Schweine!*».*

No entendía por qué nos odiaban tanto. La ciudad en la que me había criado había sido uno de los mayores centros judíos de Polonia. Allí fuimos mayoría durante mucho tiempo, hasta que la gente emigró hacia Varsovia, Alemania y otros países. No comprendía qué tenía

---

* «¡Fuera, judíos, cerdos!» en alemán.

de malo ser judío, que nos hicieran sufrir todo aquello por la simple razón de haber nacido en una familia determinada y tener unas creencias que ni siquiera habíamos elegido. Pero su odio era tan firme como la determinación de acabar con todos nosotros.

Ayudé a mi prima a bajar del vagón. Fuimos casi los últimos y los soldados nos azuzaron sus perros. Eran negros, con las orejas puntiagudas, los ojos furiosos y los dientes amarillos.

El suelo estaba medio congelado por la nieve, sentimos el frío calándonos los huesos. Los soldados nos fueron dividiendo en dos grupos entre gritos: los niños, ancianos, enfermos y mujeres embarazadas, a un lado; el resto, al otro. Unos camiones de la Cruz Roja esperaban a los más débiles. Yo llevaba todavía en brazos al hijo de mi prima, Samuel, que no quería despegarse de mí. Me puse en la fila de los niños; apenas tenía dieciséis años y no me consideraba un hombre.

Un prisionero con uniforme a rayas, que estaba sacando los cadáveres del interior del tren, se detuvo a mi lado y me dijo en alemán:

—Vete al otro lado.

No lo entendí al principio. Notaba que me movía por inercia, siguiendo a la masa sin hacerme demasiadas preguntas. Aquellas cruces rojas me infundían más seguridad que los uniformes verdes de los soldados.

—¡Márchate! —me gritó mi prima mientras me arrancaba a su hijo de los brazos.

—Pero...

Un oficial de las SS que separaba las dos filas me hincó la mirada y frunció el ceño. Lo miré un instante, dejé a Samuel en el suelo y me dirigí a la derecha.

Yo era un niño en muchos sentidos, a pesar de que el

día antes de la caída de Varsovia había celebrado mi bar mitzvá.

Nos hicieron parar delante de un SS con bata. Era un hombre alto, atractivo y con el pelo engominado debajo de la gorra. Sin apenas mirarnos, inclinaba la mano a la izquierda o a la derecha mientras tarareaba algo, como si estuviera dirigiendo una orquesta en su cabeza. Cuando me tocó el turno, me miró a los ojos, agaché la cabeza y su mano indicó hacia la derecha. Un soldado me empujó y me incorporé a un grupo de algo más de quinientos prisioneros, y todos juntos a nos dirigimos al interior del campo.

Bajo aquel frío gélido, nos llevaron hasta un pabellón y nos ordenaron que nos desnudáramos. Nos raparon el pelo. Pasamos una rápida inspección médica. El hombre que iba delante de mí fue rechazado y enviado a otro grupo. Después nos dieron unos uniformes raídos y unos zuecos, caminamos hasta unas mesas y un hombre me tatuó un número en el brazo, el 83.526. No volví a escuchar mi nombre hasta unos meses más tarde.

Al despojarnos de nuestras últimas posesiones, algunas de mucho valor, pero otras simplemente simbólicas, como las fotos de nuestros padres y abuelos, las cartas de amor de una novia o el reloj que habíamos heredado de nuestro padre, los nazis nos robaron lo único que nos unía con el exterior. De alguna forma nos decían con ese gesto que perdiéramos toda esperanza.

Nos vestimos, pero la ropa apenas amortiguó el frío. Los pies sin calcetines y con unos toscos zuecos de madera no tardaron en llenárseme de ampollas y heridas. Fuimos hasta el bloque 15. Los *kapos* nos mostraron las filas de literas, tan pegadas unas a otras que apenas cabía un hombre. Un señor mayor se me acercó y me dijo en mi idioma:

—Será mejor que espabiles, aquí no hay segundas oportunidades. Obedece al instante, no mires a la cara a los alemanes, di siempre tu número y mantente a tres pasos de ellos. No quieren que les peguemos nada. ¿De dónde vienes?

Por no alargarlo, respondí que del gueto de Varsovia.

—Has tenido suerte, es un viaje corto. Muchos han llegado de otros países más lejanos. Se te ve fuerte y laborioso, le diré al *kapo* que te ponga en mi grupo de trabajo.

Los *kapos* nos ordenaron que nos fuéramos a nuestras literas.

—¿No nos van a dar de comer?

—Llegaste tarde. La cena ya pasó, pero no te has perdido gran cosa.

Nos acostamos, yo con las tripas rugiendo después de tres días con tan solo un pedazo de pan. Para beber, había fundido un poco de nieve en la boca, pero tenía los labios completamente secos.

—¿Dónde llevan a las mujeres, los ancianos y los niños? ¿Están en mejores condiciones que nosotros?

Tras mirarme con una cierta expresión de lástima, el hombre se tapó con una fina manta que compartió conmigo.

—En el fondo, se encuentran en un lugar mejor. Ya no tienen frío, ni hambre ni miedo, y estos verdugos ya no pueden hacerles más daño.

En el centro del bloque, una estufa medio apagada apenas calentaba la estancia. Había muchos cristales rotos. Se escuchaba a los prisioneros quejarse, maldecir y, de vez en cuando, levantarse apurados para hacer de vientre. Olía igual de mal que en el vagón, pero yo llevaba varios días sin estar tumbado, me encontraba agotado y la tensión de la llegada había consumido mis últimas fuerzas. Gracias a la inocencia de la juventud, aquella noche dormí de un tirón tras recitar una breve oración. Repetía en mi mente la dirección de mis dos tías que vivían en Estados Unidos. Las hermanas de mi madre residían en unos lugares llamados el Bronx y Brooklyn, que yo imaginaba como el paraíso: «750 Grand Concourse, Bronx, New York; 723 Gates Avenue, Brooklyn, New York».

Me alegré de que mi familia no estuviera en aquel lugar. Siempre había pensado que la muerte era el peor destino de los hombres, pero ahora no estaba tan seguro.

Lo más trágico de soñar en Auschwitz era que tenías que despertar. Saboreé un instante más del sueño: estaba en Estados Unidos con toda mi familia, abrazando a mi tía Helen.

—¡Rápido! No es bueno que seas el último —me dijo aquel hombre del que no sabía ni el nombre.

Bajamos de las literas rodando, nos pusimos en grupos de cinco y esperamos a la revisión del bloque.

—¿Cómo se llama?

—Jozue —contestó mientras salíamos a la gélida avenida.

Era aún de noche, pero las farolas iluminaban en parte la nieve y el barro. Comenzó el interminable recuento. Tenía los pies congelados en los duros zuecos, la piel me ardía de frío y de mi boca salía un vaho que, junto al de miles de prisioneros, creaba una atmósfera fantasmagórica. La luz del invierno no parecía llegar nunca y, cuando lo hacía, no era plena, como si tuviéramos que vivir entre sombras. A mi lado se derrumbó un hombre y me incliné a ayudarlo, pero Jozue me sujetó.

—Déjalo, ya está muerto.

Siempre que alguien caía, un soldado se acercaba y le gritaba. Si no era capaz de levantarse por sí mismo, lo remataba en el suelo. Los disparos sonaban dispersos, como si de un feudo de caza se tratase. Entonces escuché mi número y grité con todas mis fuerzas:

—*Hier!*

Jozue me llevó con su comando. Caminamos hasta la fábrica cercana de IG Farben, donde se producía combustible sintético. Lo primero que me sorprendió al llegar al edificio fue su limpieza, orden y comodidad. Hacía calor y los trabajadores que no eran prisioneros nos trataban bien; a veces nos daban comida, sopa y hasta jerséis.

Aquella primera mañana me tocó al lado de un holandés al que habían traído de su país y obligado a trabajar. Se llamaba Klaus. Hablaba bien alemán y, mientras metíamos unas bobinas en unas vainas, me enseñó algunas palabras. En el gueto había aprendido un poco, pero en Auschwitz saber alemán era cuestión de vida o muerte.

—Soy de Ámsterdam —me dijo el holandés, que debía de tener veintipocos años. Era un pelirrojo de cristalinos ojos azules.

—Me llamó Dawid, vengo de un pueblo cerca de Varsovia.

—¿Eres nuevo?

—¿Se nota mucho?

El joven sonrió.

—¿No tienes calcetines?

Negué con la cabeza cuando me señaló los pies. Al principio no le había entendido.

—No.

El hombre se quitó los suyos y me los entregó.

—¿Por qué? —le pregunté entre emocionado y extrañado.

—Tengo otros en mi barracón de trabajadores —contestó sonriente.

A media mañana nos dieron un desayuno básico: algo de pan negro con un poco de margarina y un sucedáneo de café. Después de tres días sin comer, me supo a gloria.

Aquel buen trabajo no duró mucho.

Uno de los guardias se acercó a nosotros y con su porra apuntó al suelo.

—¿Qué le has dado?

El chico guardó silencio, pero se puso colorado.

—No se puede dar nada a los prisioneros. ¡Lo sabes de sobra! Ahora tendré que castigaros a los dos.

El hombre golpeó con la porra al holandés en la cabeza hasta que se la partió y, luego, unos guardias se lo llevaron.

—¿Te crees un chico con suerte, verdad? —me preguntó.

El hombre me pegó en las costillas, me sacó de la mesa y me llevó hasta uno de los *kapos*. Este me cogió de la solapa y en media hora estuvimos de regreso en Auschwitz. Allí me entregó a otro *kapo*, con quien habló algo en alemán que no logré entender.

—Vas a trabajar en el *Leichenkommando*, el escuadrón de los cadáveres —me anunció en un tono siniestro.

Me condujo hasta una zanja repleta de cuerpos, donde unos prisioneros los cargaban entre dos y los transportaban hasta los crematorios.

—Abajo —me indicó.

Me hundí en el barro frío. Un prisionero muy delgado, ya mayor, que parecía al límite de sus fuerzas, tomó por las piernas a un muerto y yo, por los hombros.

—¡Rápido! —gritó el *kapo*.

Sacamos el cadáver y lo llevamos hasta el edificio.

—Estos son los muertos de un solo día —dijo el hombre casi sin resuello.

—¿De un solo día?

—Sí, de este campo. En todo Auschwitz son miles, además de los de los trenes.

—¿Los de los trenes?

—La mayor parte de los que llegan acaban en las cámaras, y de allí a las chimeneas.

Miré hacia las imponentes chimeneas con los pararrayos. Había pensado que eran de algún tipo de fábrica.

—Mi prima y sus hijos se fueron en unos camiones de la Cruz Roja.

El rostro del hombre se cubrió de tristeza. Entonces lo comprendí todo. Aquellos monstruos no tenían piedad de nadie. Arranqué a llorar mientras soltábamos el primer cuerpo.

—Hazte fuerte, sobrevive, no te rindas —dijo el anciano— Me llamo Abraham Almeida. Soy de Tesalónica, aunque mi familia procede de España, de Sefarad. Nos transportaron en julio, pero me separaron de mi familia. Puede que mi hija Esther esté viva, el resto lo dudo. —Hizo una pausa—. Estoy enfermo, no duraré mucho.

—¿Por qué no se rinde?

El hombre intentó sonreír, pero apenas consiguió dibujar una mueca de dolor.

—Te diría que por fastidiarles, pero no: le tengo miedo a la muerte. Nunca fui muy religioso y ahora me arrepiento.

Mi familia lo era, aunque no demasiado, y yo rezaba cada noche más por superstición que por devoción.

—A Dios no creo que le importemos mucho —le contesté.

Levantamos el segundo cuerpo. Estaba tan descompuesto que se nos deshacía entre las manos.

No dejaba de pensar en mí tío y mi prima, también en los dos pequeños. Me había quedado grabada la última mirada de Samuel.

—No lo pienses, unos pocos de nosotros tienen que sobrevivir. Esta guerra terminará algún día.

—Lo he perdido todo.

—Mira —dijo mientras levantaba la cabeza. Se veía un pedazo de cielo azul, un poco de color en aquel mundo gris y frío—. La vida siempre se abre camino. Siempre habrá un nuevo amanecer, el sol seguirá saliendo y Hitler y sus secuaces algún día desaparecerán.

Pasamos el resto del día en la zanja. Cuando regresé al barracón, me dolían los brazos. Conservaba los calcetines, pero me habían salido demasiado caros, y más aún al holandés que me los había regalado.

Al entrar vi a Jozue, que ya tenía noticias de lo que me había sucedido. Se me acercó y me dijo en voz baja:

—Intentaré que te trasladen a un sitio mejor, aunque Saul, nuestro *Blockältester*, es un mal bicho. La mayoría de los *kapos* son prisioneros comunes, y este es polaco como nosotros. Vive en la habitación de la entrada con su *pipel*, un asistente de apenas doce años, que acata todas las órdenes, le lustra los zapatos, le hace la cama y satisface sus caprichos sexuales.

Aquel comentario me dio ganas de vomitar. Todo en Auschwitz estaba podrido; era como si el mismo infierno se hubiera materializado en aquel cenagal infecto.

—Pero, como todos aquí, es corruptible. Le pagaremos con cigarrillos, la moneda de cambio del campo.

Nos dieron la cena, que no fue una gran cosa: una sopa con un trozo de nabo y un poco de pan negro. Jozue me ofreció parte de su pan.

—¿Por qué hace todo esto por mí?

Al hombre se le aguaron los ojos y me puso una mano en el hombro. Nadie me había tocado desde hacía meses, desde que había perdido a mi familia.

—Me recuerdas a mi hijo Izaak. Lo mandaron a la cámara de gas.

Aquel comentario me recordó lo que le había ocurrido a mi prima, a los pequeños y a mi tío. Intenté no llorar, no quería que nadie viera mi debilidad. Entonces comencé a cantar en voz muy baja. Desde niño había tenido aquel don. Había cantado en la gran sinagoga y en otros muchos lugares, y soñaba con hacerlo algún día en un teatro de Nueva York, pero aquella noche mi público fue un grupo de famélicos prisioneros que, por unos instantes, olvidaron sus miserias y elevaron sus almas sobre aquel fango de Auschwitz que parecía devorarlo todo. Al terminar, un breve aplauso fue mi recompensa, aunque lo que más aprecié fue haber encontrado a personas dispuestas a sacrificarse por un completo desconocido.

4

ZIPPI

Auschwitz, diciembre de 1942

Noté el pecho algo cargado y me puse a temblar. La última vez que estuve enferma casi acabo en las cámaras de gas. Mi amiga Hanni Jäger, la secretaria del oficial de las SS Paul Heindrich Müller, una mujer aria que tuvo una relación con un hombre judío y acabó en Auschwitz, me vio en el suelo, entre el montón de enfermos que iban a ser gaseados, y me sacó de allí. Durante días trabajé en la oficina con una fiebre altísima. Si los alemanes se daban cuenta de que estaba enferma de nuevo, no se lo pensarían dos veces antes de deshacerse de mí.

Una de mis mejores amigas en el campo era una enfermera testigo de Jehová que se había encargado de traerme sopa y procurar que superara el tifus y, después, una hepatitis terrible.

No había estado enferma en toda mi vida, pero Auschwitz era un hervidero de muerte del que resultaba muy difícil escapar indemne. Los nazis intentaban no mezclarse mucho con los prisioneros; por eso, los guardias más cercanos y los *kapos* no eran alemanes.

Cuando me recuperé por completo, Katya me incluyó en la *Häftlingsschreibstube*, la oficina de prisioneros. Aquel lugar era el paraíso. Como tratábamos con los soldados de la SS, teníamos acceso a toallas, papel higiénico, jabón, ropa interior limpia y un baño individual. Katya me dio un consejo que desde entonces he seguido a rajatabla: «Si ellos te ven limpia, te tratarán como a una persona y les costará un poco más deshacerse de ti».

Me dejé crecer el cabello, que no me salió tan castaño, sino algo más dorado. Busqué la mejor ropa que pude y me uní al exclusivo club de las chicas de la oficina de registro. Justo en ese momento, Johanna Langefeld, a quien enviaron de nuevo a Ravensbrück, fue sustituida por Maria Mandl, una jefa de guardianas mucho más brutal y despiadada que su antecesora.

Estábamos ya en invierno cuando tuve el primer problema con ella. Había intentado evitarla todo lo posible, pero aquella rubia de ojos fríos como el hielo odiaba a cualquier mujer que pudiera lucir más bonita que ella. Los fines de semana, las guardianas nazis y sus compañeros hombres disfrutaban de una especie de campamento de verano eterno, ya que aprovechaban para emborracharse y celebrar todo tipo de orgías. Sin embargo, lo que excitaba a Maria Mandl era sin duda el sadismo.

Una mañana, mi amiga Katya caminaba sonriente hacia el edificio de la comandancia para que Rudolf Höss le firmara unos documentos cuando se cruzó con la Bestia.

—¿Por qué sonríe, prisionera?

—Señora, soy la prisionera 2.098.

—¿Por qué sonríe?

—Lo siento, estaba pensando...

—¿Quién le ha permitido pensar, zorra judía?

—No soy judía, señora, soy alemana.

La mujer comenzó a pegar a mi amiga con la fusta. Avisé de inmediato al oficial Müller, que salió en defensa de Katya. De alguna forma, Maria Mandl acabó por enterarse de lo que yo había hecho y, a partir de ese momento, buscó la forma de hacérmelo pagar.

Katya había iniciado una relación sentimental con Gerhard Palitzsch, un oficial nazi, y yo era la única persona que conocía aquel secreto. Aquella tarde, Gerhard fue al encuentro de Maria Mandl para advertirle que no se le ocurriera jamás volver a ponerle una mano encima a Katya.

No comprendía cómo mi amiga podía tener un idilio con aquel hombre terrible, que disfrutaba colocando a los prisioneros en fila en el Muro Negro para ejecutarlos de un disparo en la nuca. Pero Auschwitz era un lugar donde los grandes valores morales parecían difuminarse hasta erradicar la delgada línea que separa el bien del mal.

—No sé si le quiero —me confesó mi amiga—. Es algo complicado, pero le necesito. Sé que está con muchas mujeres, pero a mí me trata bien; dice que me parezco a su difunta esposa.

—Pero, Katya, es como estar con el mismo diablo.

Como única respuesta, se encogió de hombros. No lograba comprenderla, pero a veces el amor o la pasión se desencadenaban por motivos caprichosos. En el fondo, pensaba, era tan solo una mujer en busca de protección en un mundo en el que una vida no valía nada.

Palitzsch era la mano derecha del comandante, pero Auschwitz se estaba convirtiendo en un verdadero caos. Los cadáveres se acumulaban y tuvieron que cavar grandes zanjas para deshacerse de cientos de ellos.

El campo estaba mal organizado. Todo era, de hecho, una gran improvisación gobernada por hombres incapaces y brutales. Por eso Katya y yo nos convencimos de que debíamos intentar mejorar las condiciones de vida de los prisioneros, y de las mujeres en particular, que eran las que más sufrían.

En la oficina me encargaron que llevara al día el *Hauptbuch*, el libro en el que se registraban los números que identificaban a los prisioneros. A veces me sentía como si tuviera en mis manos el «libro de la vida» en el que estaban inscritos los que debían salvarse o perecer en el fuego eterno.

La primera vez que ojeé el libro me estremecí. Las muertes estaban señaladas con cruces: de color rojo las que identificaban diversas causas, desde las palizas hasta la inanición, y de color negro las que simbolizaban un tratamiento especial, que no era otro que la cámara de gas.

Cada mañana tenía que registrar las nuevas listas de mujeres asesinadas, y aquello comenzaba a afectarme. Lo único que me ayudó a mantener la cordura fue crear un sistema para que el recuento fuera más rápido y evitar así muertes innecesarias.

Franz Hössler, el nuevo jefe del campo de mujeres, me felicitó personalmente, pero yo tenía la sensación de que estaba traicionando al resto de los prisioneros al contribuir a que la maquinaria de represión estuviera más afinada. En recompensa, Hössler hizo que acondicionaran una sala de dibujo para que pudiera realizar mis rotulaciones y carteles. El trabajo me ayudaba a olvidar dónde estaba y qué hacía allí, pero yo sentía mi vida cada vez más vacía.

Intenté ayudar al mayor número de mujeres y me hice amiga de muchos de los responsables judíos, quienes me informaron de que mi padre, mi madrastra y mis hermanastras habían sido deportadas a un campo de trabajo.

Unas semanas más tarde, los nazis me dejaron salir al pueblo cercano para comprar material de oficina. No intenté escapar; sabía que era del todo inútil. Cuando regresaba, vi a lo lejos a dos jinetes, un hombre y una mujer, sobre dos caballos blancos. Aquella estampa me hizo pensar en el amor, en todo lo que había perdido encerrada en Auschwitz, y, aunque mi situación había mejorado de manera notable, me sentí profundamente sola. Al acercarme al campo, pude distinguir mejor a los jinetes: eran Maria Mandl y su amante. Parecían dos tiernos enamorados. El contraste terrible entre la inocencia de aquella imagen y la despiada crueldad de la jefa de las guardianas me hizo pensar que el amor no era más que una mera atracción física que hasta la más brutal de las personas era capaz de sentir, pero estaba equivocada: el amor era algo muy distinto y yo no lo había conocido todavía.

5

DAVID

Birkenau, Auschwitz, enero de 1943

La música siempre me ha salvado la vida, y una vez más lo hizo en aquel barracón abarrotado en el que apenas éramos una sombra. Sobresalir en Auschwitz podía suponer la vida, pero también la muerte. Al acabar aquella canción, Saul, el *kapo*, se me acercó y me puso su pesada mano sobre el hombro; el tipo estaba rollizo para los cuerpos que se veían en el campo. Aun los más gruesos perdían en apenas una semana la mayor parte del peso.

—Has cantado como los ángeles. Me has hecho recordar mi bar mitzvá —me contó ante mi sorpresa—. Casi nadie sabe que soy judío, los alemanes me trajeron aquí por robo. Era uno de los carteristas más finos de Berlín, pero me equivoqué de bolsillo. Robé la cartera de un alto funcionario y terminé en Dachau, un campo de concentración cerca de Múnich. Pensé que aquello era el infierno, cuando llegué en el treinta y nueve, pero ahora me parecería un balneario donde pasar unas vacaciones.

El hombre me hablaba en una mezcla de yidis y alemán. Apenas podía seguirlo.

—Mi asistente es Jonatán, puede ayudarte en lo que necesites —prosiguió mientras me guiñaba el ojo. Sentí una repulsión que disimulé todo lo que pude.

El chico agachó la cabeza, avergonzado. Todavía no tenía bello en la cara y, a pesar de los sufrimientos del campo, su piel mostraba un tono rosado.

—Lo adopté por petición de su madre, que murió en la última depuración. Cuando el tifus se extiende, los alemanes lo erradican de forma terminante, ya me entiendes —concluyó el *kapo*.

Lo entendía demasiado bien. Prefería alejarme lo máximo posible de gente como Saul, pero tenía que hacer lo imposible para sobrevivir.

—A partir de mañana trabajarás en la Sauna. Es donde se limpia y se desinfecta la ropa, un buen lugar —me informó—. Dentro no pasarás frío y recibirás una ración extra de comida. Además, si cada noche cantas un poco, te aumentaré la ración diaria e incluiré algunas cosas especiales, ya me entiendes.

—Muchas gracias —dije con el mayor entusiasmo que pude. Justo en ese momento, el hombre me puso en la mano una salchicha.

—Es cerdo, pero aquí no podemos andarnos con remilgos.

No era la primera vez que tomaba un alimento que no era kosher. Hasta el mismo rey David, me había contado mi padre, había comido de los panes dedicados a Jehová para sobrevivir a la persecución del rey.

En cuanto me retiré, se me acercó mi amigo Jozue. Me miró con recelo y me dijo al oído:

—Ten cuidado. No te fíes de él, miente más que habla.

—No te preocupes, no lo haré —le contesté algo molesto por que me tratase como a un crío.

El traslado no fue inmediato. Pasé algunos días más arrancando a los prisioneros de las alambradas electrificadas, a las que se lanzaban para terminar con todo aquello sin demasiado dolor.

La última mañana estaba con un compañero llamado Ezaw, que era algo mayor que yo. Recogimos varios cadáveres y los subimos a las carretas. Mientras los separábamos de los alambres en que su carne había quedado pegada, los nazis tenían que desconectar la corriente eléctrica.

—Este es un momento ideal para escapar —dijo mi compañero, que veía el bosque y el río al fondo.

—¿Dónde crees qué llegarías? Me han dicho que Auschwitz es un complejo de campos: los guardias te habrán atrapado antes de que logres salir de este círculo infernal. Y luego te ahorcarán para dar ejemplo.

El muchacho pecoso me sonrió.

—Al menos sería una forma heroica de morir.

—Aquí nadie muere ni vive de forma heroica; sobrevivir nunca lo es.

Nos acercamos al siguiente cadáver, que colgaba de espaldas con su raído abrigo marrón por encima. Mientras intentábamos despegarle las manos, la cabeza volteó y me encontré con los ojos saltones de alguien que conocía.

Di un paso atrás y rompí a vomitar.

—¿Te encuentras bien? ¿Le conocías de algo?

Aquel hombre era Abraham Almeida, mi compañero de trabajo durante muchos días; el anciano que me había explicado cómo tratar a los nazis y al resto de los guardias.

—¿Era familia tuya?

Sentí un sabor ácido en la boca y el estómago revuelto; me dolía la cabeza. Negué con un gesto, no podía pronunciar palabra. La muerte era algo muy común en el campo, pero cuanto más cerca te tocaba, mayor era el impacto. El gueto me había ayudado a inmunizarme, pero en el fondo no quería perder la poca humanidad que me quedaba.

Nos acercamos hasta el cadáver para recuperarlo, pero un guardia había vuelto a activar la alambrada. En cuanto Ezaw la rozó, se produjo un fuerte chispazo y el muchacho salió despedido hacia un lado.

—¡Dios mío! ¡Ayuda! —exclamé.

Arranqué a correr hacia la torre, agitando las manos para que cortasen la corriente. El día anterior había llovido y podía electrocutarme al mover a Ezaw. Un soldado me chilló algo que no entendí y me apuntó con su rifle. En ese momento, Jonatán, que nunca se alejaba mucho del barracón, le gritó unas palabras en alemán mientras corría también hacia la garita. El ucraniano se volvió y, casi sin mirar quién se le acercaba por detrás, disparó. El chico se derrumbó en el acto: la mitad de su cara había desaparecido y la otra se hundió en el barro.

Saul acudió al escuchar la detonación, se arrodilló ante el cuerpo del muchacho y me gritó:

—¡Todo esto es culpa tuya, hijo de puta!

Se puso en pie y se abalanzó sobre mí; comenzó a golpearme con la porra. Me hubiera matado si no lo hubieran detenido los guardias.

Media hora más tarde, estábamos los dos frente al oficial al mando, un tal Gerhard Palitzsch, del que había escuchado hablar y a quien todos temían.

El oficial nos miró de arriba abajo desde la silla de su escritorio y, tras decir nuestros números en voz alta, se levantó y se colocó a nuestras espaldas.

—Este joven tiene la culpa de todo: por su incompetencia han muerto dos prisioneros muy útiles —afirmó Saul.

El nazi abroncó al *kapo* hasta que cayó al suelo.

—¡Escoria, no me importa que hayan matado a tu efebo, lo que quiero es orden en el campo!

Los dos comenzamos a temblar.

—El prisionero 83.526 pasará una temporada en el bloque 11.

Saul sonrió; sabía que eso suponía casi una muerte segura.

—Pero tú perderás tu cargo de jefe de bloque y te mandaremos a un nuevo barracón.

Aquella era una condena aún más dura que la mía. Los *kapos* degradados no duraban mucho tiempo con vida.

Salimos escoltados por dos soldados. Uno me condujo hasta el bloque 11. Bajamos por unas escaleras al sótano, abrió una portezuela y me hizo entrar. Para mi sorpresa, la celda era tan minúscula que no podía ni sentarme en el suelo. Sentí que me asfixiaba y, tras una breve oración, me puse a recitar las direcciones de mis dos tías en Estados Unidos. Mientras viera un rayo de esperanza no me convertiría en un «musulmán», que era el nombre que daban a los que se dejaban llevar por la desesperación y morían a manos de un soldado o simplemente de hambre. Tenía que seguir adelante: salir de allí y cumplir mis sueños.

A los dos días de estar en aquel agujero, los calambres en las piernas eran insoportables. Logré comunicarme con otros dos prisioneros, que eran también polacos. Solíamos hacerlo por la noche, para que los guardias no nos golpearan. Uno era un sacerdote católico, de nombre Aleksander, y el otro, un obrero polaco que había pertenecido al Partido Comunista. Los tres no podíamos ser más distintos, pero nos unían la desesperación y la música. El sacerdote nos contó que sabía tocar el piano y el obrero comunista, que era un gran amante del acordeón; yo les dije que era cantante. En aquellas noches interminables, con el cuerpo temblando de frío, el dolor en las articulaciones, las piernas y los brazos cada vez más delgados por el hambre y el vientre hinchado, los tres intentamos que la música nos liberara de aquel lugar.

Entoné una vieja canción que resonó con fuerza en aquel sótano oscuro y sucio.

La gente dice que soy feliz,
¡me río de ello!
Porque no saben cuán a menudo derramo
ríos de lágrimas.

Mis días pasan tras días,
años tras años,
y nunca he experimentado la felicidad.
¡Lo siento por ti también!
¡Nací miserable
y moriré miserable!
¡Porque vi este mundo maravilloso
en una hora desafortunada!

¡Dios, desde el cielo
acorta esta pobre vida mía,
añade a lo que es más feliz
que yo en el mundo!*

* Traducción al castellano de la canción polaca «*Ludzie mówią żem szczęśliwy*».

Al terminar la canción, casi podía escuchar las lágrimas de mis dos compañeros.

—¿Por qué ha acabado aquí, padre?

El sacerdote aclaró la voz, todavía ahogada por la emoción.

—Mi familia procede de Pabianice, aunque mi padre era alemán y mi madre, polaca. Por eso conozco a la perfección los dos idiomas. Maria, mi madre, era muy religiosa y siempre nos llevaba a la iglesia. No tardé mucho en sentir el deseo de tomar los hábitos. Mi hermano Franciszek y yo nos unimos a los franciscanos. Estudié en Roma. Mis superiores creían que podía ser un gran teólogo, pero yo lo único que quería era ayudar a la gente. Reuní a un grupo de hermanos para intentar evangelizar a los ateos, que cada vez proliferaban más en Italia, y después regresé y enseñé en el seminario de Cracovia. Fui misionero en China y Japón...

Mientras el religioso relataba su vida, yo no dejaba de sorprenderme. Jamás había salido de Polonia y todo su mundo era pura fantasía para mí.

—... Regresé a Polonia y en Cracovia creé una revista y una radio. Cuando los alemanes invadieron nuestro país, algunos de mis amigos me aconsejaron que me inscribiera en la *Volksliste*.

—¿Qué es eso? —le pregunté.

—La lista de la gente alemana. Al tener sangre germana, tenía más derechos que el resto de los polacos, pero la sangre de todos nosotros es igual. No hay ninguna diferencia.

—¿Por qué ha acabado aquí?

—Me prohibieron publicar libros en contra de los nazis, pero no les hice caso. Además, en mi monasterio dimos refugio a varios cientos de judíos. Hace un año, el monasterio fue clausurado y la Gestapo nos arrestó a todos. Estuvimos unos meses en la prisión de Pawiak y en mayo del año pasado nos transfirieron aquí. Mis otros dos hermanos han muerto, yo soy el último que queda. Tenía reuniones secretas de oración y en Navidad canté villancicos polacos; alguien me denunció y he acabado aquí, en esta celda. ¿Viste el gran árbol de Navidad?

—No, yo estoy recluido en Birkenau.

—Los nazis lo colocaron como burla. Debajo depositaban los cuerpos de los que asesinaban cada día y decían que eran un regalo para los vivos. Esa gente está gobernada por el mismo diablo.

El comunista se llamaba Antoni. En aquellos días llegué a conocerlos bien a los dos, pero jamás nos vimos el rostro. La voz era lo único que percibíamos de los demás y, de alguna manera, nuestra mente le ponía cara.

Una mañana, la del tercer día, entró un oficial de las SS y nos escuchó cantar.

—Veo que os lo estáis pasando bien. Os dejaré dos días sin comer, a ver si así se os pega la lengua al paladar.

El sacerdote se atrevió a increparlo:

—¿Por qué hacen todo esto? No somos nada más que seres humanos como ustedes.

—Para nosotros no sois humanos, sois estiércol. El Tercer Reich no tendrá piedad de la gente como vosotros. Si de mí dependiera, os llevaría a todos a los crematorios. Vosotros y vuestras familias sois peor que los perros.

El odio que desprendían las palabras del oficial me dejó impresionado una vez más. No nos conocía de nada y no le habíamos hecho nada, pero odiaba lo que representábamos. Y lo hacía porque le habían ordenado que lo hiciera.

Los tres días siguientes fueron terribles. Notaba que las

costillas se me pegaban en el cuerpo, vomitaba y me dolía mucho la cabeza, pero seguíamos cantando, apenas sin fuerzas, como si creyéramos que ahí residía toda nuestra esperanza.

Al segundo día sin comida, la voz de Antoni se apagó. Los alemanes lo sacaron esa mañana y se lo llevaron.

—¿Cómo se encuentra, padre? —pregunté.

—Muy débil, pero no te preocupes. Sobrevive por mí y cuenta al mundo lo que has vivido aquí.

—Nadie me creerá —le contesté, algo desesperado.

—Sí que lo harán, ten fe.

Su voz se apagó al día siguiente.

Yo me pasaba la mayor parte del tiempo durmiendo. A veces ya no sabía si estaba vivo o muerto, pero al tercer día volví a la vida.

6

ZIPPI

Auschwitz, febrero de 1943

Me sentía una privilegiada, a pesar de que mi vida había sido modesta hasta mi llegada a Auschwitz. Siempre me rebelé contra lo establecido y lo que se esperaba de mí. Mi padre y sobre todo mi abuela Julia me apoyaron en todo: desde mi idea de convertirme en diseñadora gráfica hasta mi deseo de graduarme en la universidad. Éramos judíos, pero no vivíamos como tales. Mi hermano y yo acudíamos cada semana al grupo de Jóvenes Vigilantes; me gustaban los juegos y las historias, pero eso no me hizo sentir más judía. Cuando el grupo se inclinó hacia el sionismo y el comunismo, lo dejamos, a pesar de que mi tío Leo nos animó a seguir. Leo era muy diferente al resto de mi familia: un enamorado de la música que me enseñó a tocar el piano y la mandolina. También me animó a que aprendiera idiomas, y eso era lo que me había salvado. Hablaba alemán, francés, húngaro, eslovaco y hebreo.

Aquella mañana, salí del bloque de administración y, al pasar junto al bloque 11, me dio la impresión de que alguien cantaba. Me detuve un rato y lo escuché. Sentí que mi cabeza, por primera vez en mucho tiempo, se elevaba sobre aquel infierno e intenté echar una ojeada por uno de los ventanales, pero un soldado me gritó y di un respingo.

—¿Qué haces? Ya sabes que no puedes pararte.

—Nachtwächter, ¿eres tú? Me has dado un susto de muerte.

Era un soldado alemán al que había facilitado alcohol y otras cosas. Siempre fue amable conmigo. Me confesó que había pedido el traslado al frente en varias ocasiones: detestaba Auschwitz casi tanto como yo.

—El bloque 11 es peligroso, es mejor que no te pares nunca aquí.

—Vale, no volverá a pasar. ¿Quién es el que canta?

—Un chico polaco, un crío. Se metió en una pelea con un *kapo*. Lleva tres días sin comer, imagino que mañana lo encontraremos muerto. Será el tercero esta semana.

—Es una pena que se pierda esa voz —le dije mientras aún se escuchaba de fondo la canción triste que entonaba el muchacho.

El alemán se encogió de hombros.

—Esta guerra, ya lo sabes, no entiende de belleza. Lo arrasa todo y, si se alarga más tiempo, ya no quedará nada por lo que merezca la pena vivir.

Me despedí del guardia y regresé a la oficina. Me dirigí directamente al libro de la vida, como yo lo llamaba. Busqué el nombre de los tres últimos prisioneros en entrar en el bloque 11 y encontré los registros: dos habían muerto, pero un tal Dawid Wisnia estaba vivo. Tomé un poco de papel y escribí una orden de traslado. Cada día atendía los papeles de Paul Heinrich Müller y de Gerhard Palitzsch. El segundo tenía más autoridad, pero siempre leía todo lo que le entregaba; Müller era mucho más confiado. Al final, estampé su nombre en la hoja.

Lo habitual era darle los papeles a Katya, para que esta los dejara para firmar, pero aquel día no se encontraba muy bien y se había quedado en su cuarto. Tomé algunos documentos más que el oficial debía rubricar y los llevé todos a su despacho.

Mientras me dirigía a la oficina, no entendía bien por qué hacía aquello. Tal vez por lo que me había dicho Nachtwächter: no quería que una voz tan bella se perdiera para siempre. A veces pensaba en los miles de científicos, virtuosos de la música, médicos, ingenieros y arquitectos que la guerra estaba destruyendo, además de la barbarie nazi. Salvar a uno, aunque fuera a uno solo, me hizo sentir mejor.

Me acerqué temblorosa hasta la puerta y llamé. El oficial me dio permiso para entrar e intenté mantener la calma y mostrarle mi mejor sonrisa.

—*Schutzhaftlagerführer*, tengo unos papeles para firmar.

El hombre no levantó la vista de la mesa. Su rostro era corriente, parecía un vendedor anodino, pero el uniforme lo convertía en un superhombre: tenía en su mano la vida y la muerte de decenas de miles de personas.

Müller tomó la pluma y comenzó a firmar, levantando únicamente la esquina derecha de cada hoja, una tras otra. Justo se detuvo un momento en la del joven que quería salvar. Alzó los ojos y me miró.

—¿Cómo está Katya? Espero que no sea nada grave. Estoy deseando que me envíen a un destino más agradable, como a mis colegas en Francia.

—Tenía un poco de fiebre, pero cree que es un resfriado.

—Estupendo —dijo mientras continuaba firmando. Recogí las hojas y me di la vuelta. Estaba a punto de salir cuando me llamó de nuevo.

—Busque a una ayudante mientras mejora Katya. Es demasiado trabajo para usted sola y no quiero que todo se descontrole como el año pasado. Nuestro Führer quiere eficacia.

Me retiré del despacho y, al cerrar la puerta, me apoyé de espaldas contra la madera. Estaba empapada en sudor.

Cursé la orden. Sabía que el chico no estaba en disposición de ingresar directamente en el trabajo de la Sauna, pero se recuperaría en el bloque de enfermería con los cuidados de mi amiga.

Me asomé para ver como dos prisioneros lo sacaban en una camilla. Parecía un cadáver, y no era más que un adolescente. Lo llevaron a la enfermería y allí se quedó diez días antes de reponerse por completo.

Por la tarde fui a ver a Katya, aunque no me acerqué demasiado a la cama: ponerse enfermo en Auschwitz podía llevarte a la muerte.

—¿Cómo te encuentras? —le pregunté, pero se echó a llorar—. ¿Qué te sucede? —insistí tras acercarme un poco más y sentarme al borde de la cama. Le tomé la mano.

—No estoy enferma —respondió.

Fruncí el ceño, sorprendida; en el campo nadie simulaba ni la más mínima indisposición.

—Hace una semana me enteré de que estaba embarazada de Gerhard. Tenía que quitarme al niño.

Miré su rostro pálido, sus ojos claros y su pelo rubio,

ese aspecto que le había servido para caer bien a los nazis y que la trataran como una alemana, aunque fuera tan eslovaca como yo.

—Tengo muchos dolores y no paro de sangrar.

—Necesitas un médico —le contesté.

—Si alguien se entera, nos matarán a las dos.

Sabía que era cierto, pero, si perdía más sangre, la descubrirían de todas formas y después la matarían.

—El capitán Wirths comprenderá la situación.

—Es católico, me denunciará —contestó Katya.

Aquellas palabras me impresionaron. Le había visto dirigiendo la selección de prisioneros al pie de los trenes. Eduard Wirths era el médico jefe y conocía perfectamente lo que se hacía en el bloque 10. El ser humano no dejaba de sorprenderme, pero había comprobado hacía tiempo que el fanatismo era capaz de anular la razón de muchas personas. Lo había visto en algunos de mis amigos, al convertirse en comunistas, en muchos sionistas convencidos, en los nazis e incluso entre prisioneros que parecían simpatizar con sus ideas, sobre todo los que estaban en Auschwitz desde la apertura del campo.

—Llamaré al capitán.

Recorrí la avenida hasta el bloque 10. El médico solía pasar allí la mayor parte del tiempo. Atendía a los altos oficiales y a algunas de las guardianas, ya que su especialidad era la ginecología. Aquel día no había nadie en la consulta.

Entré en el despacho y, tras presentarme, le conté brevemente lo sucedido.

—¡Cielo santo! Esas cosas no se hacen así —exclamó.

No me atreví a responder. De hecho, no sabía a qué se refería.

Se puso el sombrero y salió a buen paso del despacho

y del edificio. Apenas podía seguirlo. Era un hombre bien parecido, de aspecto angelical, un prototipo ario, pero su mirada era tan fría como la del resto de los altos mandos del campo. Gélida.

Llegamos a la habitación de Katya y, sin mediar palabra, la examinó. Después rellenó una receta y me dijo:

—Ve a por estas medicinas a la farmacia, y trae también unas compresas. Tenemos que parar la hemorragia de inmediato.

Cuando regresé, mi amiga estaba llorando. El capitán parecía mirarla con indiferencia.

—Será mejor que te abstengas de acostarte con hombres arios. Por esta vez lo pasaré por alto. ¿Me has entendido?

—Sí, mi capitán.

—Tómate esto y haz reposo, dos días al menos.

Wirths salió de la habitación tan rápido como había entrado y Katya explotó en sollozos de nuevo.

—Tengo que dejar a ese hombre, pero ¿cómo puedo hacerlo? Me repugna, ya no lo soporto. Es corrupto, sucio y cruel.

Mi amiga tenía razón, pero era peligroso dejar a Gerhard Palitzsch de un día para otro.

—Intenta alejarte poco a poco, pronto se encaprichará de otra —le aconsejé.

Le acaricié el rostro y la arropé para que descansara un poco.

Aquella misma tarde, me acerqué hasta la enfermería y me quedé mirando desde la puerta a David Wisnia. De entre las sábanas limpias solo asomaban la cabeza medio rapada y las cejas negras.

—Se recuperará —me dijo una voz a mi espalda. Era mi amiga, la enfermera.

—Eso espero, me he arriesgado por él.

—¿Lo conoces?

—No, pero lo escuché cantar. Tiene un don, y ya sabes como soy: impulsiva y algo temeraria.

—Dios siempre recompensa una buena acción, estás haciendo mucho bien aquí.

—Yo no me siento así —le contesté—. Lo cierto es que a mi lado caen muchos y yo logro sobrevivir.

La mujer comenzó de repente a recitar el salmo 91.

El que habita al abrigo del Altísimo
morará bajo la sombra del Omnipotente.
Diré yo a Jehová: «Esperanza mía y castillo mío;
mi Dios, en quien confiaré».
Él te librará del lazo del cazador,
de la peste destructora.
Con sus plumas te cubrirá,
y debajo de sus alas estarás seguro;
escudo y adarga es su verdad.
No temerás el terror nocturno,
ni saeta que vuele de día,
ni pestilencia que ande en oscuridad,
ni mortandad que en medio del día destruya.
Caerán a tu lado mil,
y diez mil a tu diestra;
mas a ti no llegará.
Ciertamente con tus ojos mirarás
y verás la recompensa de los impíos.
Porque has puesto a Jehová, que es mi esperanza,
al Altísimo por tu habitación,
no te sobrevendrá mal,

ni plaga tocará tu morada.
Pues a sus ángeles mandará acerca de ti,
*que te guarden en todos tus caminos.**

No creía en un Dios que era capaz de salvar a una persona, pero dejar morir a miles. Yo no era mejor que los demás; todo lo contrario, me consideraba mucho peor que la mayoría. No le dije nada a mi amiga, no quería ofenderla. Nada tenía sentido, la vida o la muerte no valían nada. Era todo fruto del azar, una mera casualidad, como si algún tipo de demiurgo estuviera jugando a los dados con nuestra vida.

* Salmo 91: 1-11. Versión Reina Valera, 1960.

7

DAVID

Auschwitz, marzo de 1943

He sentido lo que es estar muerto en vida. Aquel agujero casi terminó con mis últimas fuerzas y las pocas ganas que me quedaban de vivir. El primer día que me desperté en la enfermería, me encontraba desorientado, no entendía nada. ¿Cómo me habían llevado hasta allí? Casi hubiera preferido desaparecer, reunirme con los míos en el seno de Abraham, pero el destino parecía que me había deparado algo bien distinto.

Una enfermera sonriente se acercó a mi cama. No era muy común que alguien te dedicara un gesto amable, así que el rostro angelical de la mujer me sorprendió.

—¿Cómo te encuentras? No he podido hacer mucho por aliviarte el dolor, porque no tenemos de casi nada, pero eres joven y fuerte. En un par de días podrás regresar a tu bloque.

La perspectiva de volver a mi barracón no era la mejor. El antiguo *kapo* me la tenía jurada y pesaba sobre mi conciencia la muerte de los dos pobres chicos.

La enfermera me agarró el brazo y sentí una especie de descarga eléctrica.

—No pierdas la esperanza, Dawid. Alguien está velando por ti.

Aquellas misteriosas palabras me dejaron más sorprendido aún. En Auschwitz nadie cuidaba a nadie, todos intentaban sobrevivir de una manera u otra. Como mucho, algún compañero podía echarte una mano, si eso no suponía un peligro.

Al día siguiente, me visitó un médico alemán. Era un hombre alto y de porte marcial, que me miró el pulso, después los ojos y por último la lengua.

—Ya no podrás vaguear más. Los alemanes no os hemos traído a los campos para que estéis de vacaciones.

El hombre firmó una hoja y se la entregó a la enfermera.

—Lo quiero hoy mismo fuera de la enfermería, que se reincorpore a su trabajo y vuelva a su antiguo barracón.

En cuanto el oficial salió de la sala, la enfermera me ayudó a vestirme; aún estaba algo débil. Después de darme de beber algo de leche, que no había probado en años, llamó a uno de los guardias para que me condujese hasta Birkenau. Mientras caminaba por la avenida de Auschwitz I, aquello me pareció un verdadero paraíso en comparación con los establos en los que nos tenían encerrados a nosotros. Me subieron a un transporte con otros presos y en unos veinte minutos atravesamos las temibles puertas de mi campo. En ese momento, regresaron a mi mente las escenas de mi llegada a Birkenau: el rostro desesperado de mi prima, la expresión de derrota de sus pobres hijos. Miré hacia las enormes chimeneas del fondo y me pregunté si en realidad no estaban mejor que yo.

El camión se detuvo delante del campo de hombres y

nos hicieron entrar sin muchos miramientos. A esa hora se hallaba casi vacío, todo el mundo estaba trabajando. En mi barracón, sentí el hedor a muerte que desprendían las paredes de madera y el frío que jamás desaparecía, incluso en el hacinamiento nocturno. Al menos estaba en silencio, sin las decenas de gemidos que cada noche resonaban por todos lados.

No se me permitía sentarme ni tumbarme, aunque estuviera débil, pero me apoyé en la pared y esperé hasta que los hombres regresaron del trabajo.

El primero en saludarme fue Jozue.

—Te creíamos muerto —me dijo mientras reposaba la mano congelada en mi hombro.

—Todavía no —bromeé con una medio sonrisa.

—A Saul lo han destinado a otro barracón, saben que aquí terminarán por matarlo.

No me extrañaba, aquel hombre había sembrado el odio en el corazón de todos los compañeros.

Formamos la fila de la inspección para la cena y, a continuación, el nuevo *kapo*, un tal Nahum, se me acercó.

—Mañana empiezas en la Sauna —me informó—. Debes de tener un protector, porque la Sauna es uno de los destinos más codiciados del campo. Allí tienen comida adicional y calor, y pueden quedarse con algo de ropa. Solo te diré dos cosas: la primera es que no te pases de listo, yo no soy Saul. Te estrangularé con mis propias manos si es necesario.

Nahum era enorme, con la cara algo deforme. Más tarde me enteré de que había sido boxeador en su otra vida, antes de Auschwitz.

—La otra regla es que cantes —prosiguió el nuevo *kapo*—. La gente del barracón está algo tensa, creen que pueden librarse de los jefes de bloque. Prefiero que estén tranquilos, ya habrá tiempo de ejercer la fuerza, si es necesario —comentó mientras apretaba los puños.

No respondí al hombre. Me limité a agachar la cabeza y a alejarme con Jozue.

—Da gracias por que no te haya convertido en su ayudante —comentó mi amigo.

—No lo habría consentido —le contesté.

Jozue me miró de reojo. Sabía que aún no me había dado cuenta de que en el lugar en el que estábamos no se podía elegir. Las únicas opciones eran obedecer o morir.

Al día siguiente sonó la sirena muy temprano, seguida por las voces del jefe de barracón y sus ayudantes. Me costó un poco adaptarme de nuevo a la rutina, apenas había pegado ojo. Después de un desayuno casi inexistente, nos hicieron formar para el recuento. Aquella mañana estábamos a bajo cero, era noche cerrada y apenas sentíamos las manos ni los pies. Tras casi una hora de espera, se dividió a los prisioneros en comandos y cada uno fue a su lugar de trabajo.

A mí me llevaron hasta la Sauna, donde se limpiaban las prendas de las personas asesinadas y de los prisioneros del campo. A un lado, había montañas de piezas de ropa, muchas de las cuales estaban repletas de piojos; al otro, se adivinaban las montañas de prendas desinfectadas, que había que clasificar y empaquetar. Una gran parte de ellas saldría directamente hacia Alemania para vestir a sus ciudadanos, que comenzaban a sentir los primeros zarpazos de la guerra. Las prendas en peor estado eran para los prisioneros.

—El número 83.526 —dijo el jefe de grupo. Di un paso al frente y el delgado prisionero alemán frunció el ceño al ver a alguien tan joven asignado a aquel comando—. Te encargarás de meter la ropa sucia en esas cámaras, añadir lo que hay en esos botes y después sacar la ropa. Tienes que hacerlo todo con la máscara puesta. El gas que utilizamos es muy tóxico: Zyklon B.

Aquella fue la primera vez que escuché aquel nombre. Todavía no significaba nada para mí.

Me pasé varias horas trabajando. Las jornadas eran de más de doce horas, algo más cortas por el horario solar, pero resultaban interminables. A media mañana, nos entregaron agua, pan negro y mantequilla, y después continuamos el trabajo. A eso de las cinco de la tarde, la mayoría de los trabajadores regresaron a los barracones, pero yo, al ser nuevo, tuve que esperar al último transporte.

Cerca de donde estaba, podía escuchar la multitud que se aproximaba para dejar sus ropas. Eran los afortunados: los que no habían sido seleccionados morían en las cámaras de gas. Allí los prisioneros de otro comando recogían esos efectos personales y los transportaban en carretas hasta la Sauna.

Las voces cercanas me hicieron recordar las multitudes que salían los domingos de verano a las calles de Varsovia. Los niños jugaban en los parques, algunos burgueses tomaban un refresco en las terrazas improvisadas de los cafés y el resto se conformaba con pasear por las largas avenidas, dejando que la aburrida tarde de domingo transcurriera con lentitud. Mi familia, cuando íbamos a la ciudad, solía a llevarme a ver las fieras del Zoo de Varsovia. En nuestro pequeño pueblo no había muchos entretenimientos. Me compraban un helado y jugaba con mis hermanos, como si fuera el niño más feliz del mundo.

Muchas veces no somos conscientes de la felicidad que estamos viviendo hasta que la hemos perdido. Sentí humedecidos los ojos; eran lágrimas, las primeras que vertía desde la muerte de mi familia. Mi corazón se había endurecido, pero en aquel momento noté que se me encogía el alma. Me mordí el labio inferior y comencé a repetir las direcciones de mis tías, que era lo único que me devolvía la calma. Hasta que la vi entrar por primera vez: la mujer más hermosa de todo Auschwitz, un ángel en medio del mismo infierno.

8

ZIPPI

Birkenau, abril de 1943

Me había enamorado de su voz. Aún recordaba aquella canción elevándose del bloque 11, uno de los más temidos de Auschwitz, e iluminando toda aquella oscuridad. La primavera me sorprendió; ver cómo crecían las flores silvestres, muchas veces alimentadas por la podredumbre y la destrucción, me parecía una profunda contradicción, pero la vida siempre ha surgido de la muerte. Al otro lado del muro, los oficiales nazis vivían con sus familias en un oasis de felicidad ante tanto horror. Me preguntaba sin parar cómo eran capaces de aplastar la cabeza de un bebé contra un vagón y después irse a tomar un pastel de carne para la cena. La belleza parecía fuera de lugar en Auschwitz.

Entré en la Sauna. Cada día, el comando debía entregarme un informe con la cantidad de ropa limpia para el campo de mujeres y el recuento de la que se enviaría a Alemania. El encargado, un tal Klaus, un viejo comunista que llevaba en cárceles y campos nazis desde 1934, solía dejarme las listas en la mesa principal.

Ese día el calor me agobió al entrar, como también el olor a productos químicos. Me puse un pañuelo en la cara y entonces lo vi. Era apuesto, a pesar de su juventud, y delgado, aunque no demasiado, si se comparaba con la mayoría de los prisioneros. El pelo lo llevaba casi al cero, pero ya no se le veía el cráneo pelado. Sus ojos eran inocentes y sus labios, muy rojos. Me recordó a los campesinos de Eslovaquia. Se me quedó mirando como si hubiera visto una aparición. Yo me planté delante sin decir palabra y permanecimos quietos, como si nos estuviéramos examinando. Él no sabía nada de lo que había sucedido y yo prefería que siguiera siendo así.

Recogí el informe, pero no le dije nada. Me conformé con observarlo de lejos. Él hizo lo mismo y después regresó a sus quehaceres. A aquella hora apenas había nadie en la Sauna. Aquel infierno de gente desnudándose, de voces y de gritos desesperados era, antes del anochecer, un remanso de paz.

La siguiente semana nos vimos casi a diario. Antes enviaba a alguna de las ayudantes a por los informes, pero ahora intentaba ir yo cada día.

Estaba a punto de llegar abril cuando por fin hablamos. Entré en la Sauna un poco antes de la hora y Klaus estaba aún en su mesa. Se puso en pie para saludarme, pero sin contacto; nos lo tenían prohibido los guardias. Dos de ellos vigilaban en la puerta y, de vez en cuando, uno entraba y echaba un vistazo.

—Mira, deja que os presente. Este es Dawid —me dijo Klaus mientras lo señalaba con un gesto de la cabeza—. Y ella es Helen, aunque todos la llamamos Zippi.

Sentí que me ruborizaba, algo que no me pasaba desde la adolescencia. Nunca había sido tímida, pero aquel crío me intimidaba un poco.

—Encantado —dijo en un mal alemán con acento polaco.

—Lo mismo digo —le contesté en mi perfecto alemán.

El chico siguió con lo suyo y Klaus me entregó la lista. Sin previo aviso, David comenzó a cantar y su voz inundó la estancia. El olor a muerte, a suciedad, a químicos y a jabón desapareció de repente, como si su voz lo llenase todo.

Era una vieja canción de amor en yidis, la lengua de sus antepasados. Yo conocía un poco el idioma, aunque no logré retener todas las palabras.

Cuando salí de la Sauna, tenía una sensación tan placentera que parecía como si flotara en el aire. Me dirigí hasta la entrada principal y allí tomé uno de los últimos transportes para Auschwitz I. Estaba sola con el conductor y un soldado. Miré al cielo estrellado y pensé en lo pequeños que éramos comparados con el universo. Mucho más que una mota de polvo, pero por contra tan cercanos a los dioses, capaces de crear los versos más bellos del mundo, o los más diabólicos.

Al llegar al cuarto, vi a Katya tumbada en la cama. Lloraba. Estaba deseando contarle lo que me había sucedido, pero ella parecía más que desesperada.

—¿Estás bien?

La pobre se volvió: tenía un ojo morado y magulladuras por todo el cuerpo.

—¡Dios mío! ¿Qué ha pasado?

—Gerhard me paró cerca del bloque 11. Me dijo que quería hablar conmigo y entramos en un barracón próximo. Me preguntó por qué últimamente no iba a su cuarto y me quedé callada. Tenía mucho miedo. Entonces comenzó a pegarme y me... violentó.

La abracé. No podía creer lo sucedido. Aquel hombre era un demonio, pero decía amar a Katya, aunque lo que algunos llaman amor es tan solo puro deseo de posesión.

—Es un animal. Le tengo miedo, no sé qué hacer.

No podía hacer nada. Todos nosotros no dejábamos de ser sus esclavos, incapaces de imponer nuestra voluntad. Nuestras vidas estaban en sus manos.

—Intenta evitarlo, pero la única forma de que te deje en paz es que hagas una denuncia anónima, que en Berlín sepan de todo el dinero que ha robado. A lo mejor así lo trasladan a otro campo o lo mandan al frente.

Mi amiga se quedó pensativa. El riesgo era máximo, pero, si no hacía nada, podía costarle la muerte.

A la mañana siguiente, cuando Katya estuvo más serena, me preguntó a qué se debía mi cambio de actitud.

—No te entiendo.

—Desde ayer te veo radiante, como si tu rostro estuviera iluminado por el sol.

Le conté brevemente mi conversación con Klaus y las cuatro palabras que había cruzado con David.

—¡Qué ilusión! Jamás pensé que el amor pudiera surgir en un sitio como este.

—No sé si es amor, no olvides que estoy prometida. Creo que es simple atracción.

Katya se frotó las manos.

—Amor, pasión... Llámalo como quieras, pero en este lugar es como un pequeño rayo de luz en la más profunda oscuridad.

Aquello era justo lo que más temía. Auschwitz se había creado para hacernos infelices y anularnos como personas: la felicidad estaba completamente prohibida.

Los nazis no aspiraban a ser felices, ni siquiera el comandante Höss y su idílica familia lo eran. El régimen de Hitler era un sustituto de la vida. Llamaban al amor fortaleza, la amistad era camaradería, la hermandad la habían convertido en raza y habían sustituido la misericordia por fuerza bruta.

Después de salir del cuarto, caminé hasta la oficina. Me entregaron un informe para que lo llevase al bloque 10. Me detuve frente a la fachada de ladrillo y la puerta metálica custodiada por dos ventanas pequeñas. Aquel lugar, en el que se experimentaba con personas, era el más temido por la mayoría de los presos, junto con el bloque 11, que servía de cárcel y sala de tortura. Entré, recorrí el estrecho pasillo y llamé a una puerta. Tras recitar en voz alta mi número, dejé el informe en la mesa.

Un hombre de pelo negro y aspecto impoluto me sonrió amablemente, algo que nunca hacía un nazi.

—Muchas gracias, soy el doctor Josef Mengele. Acabo de llegar. Mi traslado oficial no es hasta mayo, pero quería preparar unas cosas. Me han encargado la dirección médica del campo gitano. Creo que usted es una de las mujeres que mejor conoce Birkenau. ¿Me acompañaría y me enseñaría las instalaciones?

Aquella era una petición inaudita. No estaba acostumbrada a tanta educación; por norma general, los nazis ordenaban y nosotras obedecíamos.

—Sí, claro —le contesté algo confusa.

El hombre se puso en pie y se colocó la gorra algo ladeada. Miré a la calavera de su insignia y, como siempre me pasaba, sentí un estremecimiento.

El doctor Mengele pidió un transporte y quince minutos más tarde entrábamos por las puertas de Birkenau. A pesar de que estaba ya acostumbrada, noté un escalofrío al atravesar aquella puerta. En la atmósfera podía sentirse la opresión de aquel lugar, que parecía estar siempre envuelto en tinieblas.

El coche siguió por la larga avenida y pasó junto al campo de mujeres y al campo checo. Se detuvo en la entrada del campo gitano, que era algo diferente al resto. Allí se hacinaban familias enteras —hombres, mujeres, niños y ancianos— en las peores condiciones higiénicas y sanitarias. Los gitanos no salían a trabajar, ya que, según las órdenes de Himmler, solo estaban encerrados provisionalmente hasta el final de la guerra. El automóvil se quedó en la entrada y nos pusimos a caminar por aquel suelo de espeso fango negruzco que se pegaba a los zapatos. Dos soldados nos custodiaban. Nadie se fiaba mucho de los gitanos, eran capaces de abalanzarse sobre un soldado sin miramientos.

Mengele se tapó la nariz un par de veces. Cuando llegamos al final del campo, señaló con la mano.

—Eso es Kanada, ¿verdad?

—Sí —le contesté—. Y ese edificio es lo que llaman la Sauna.

—¡Es perfecto! —exclamó entusiasmado. Después se paró al lado de la alambrada y garabateó algo en un pequeño bloc de notas.

De regreso, vio a una mujer rubia que destacaba entre los gitanos.

—¿Quién es? No parece gitana.

—Es Helene Hannemann, una mujer aria que vino con sus hijos y marido gitanos.

—¿Está aquí voluntariamente? —me preguntó, sorprendido.

—Eso creo, era enfermera.

Apuntó de nuevo unas cosas en su cuaderno y, mientras nos encaminábamos hacia la salida, no dejó de silbar, como si estuviera paseando por un hermoso jardín. Aunque lo que había a nuestro alrededor eran niños descalzos y repletos de piojos, maltrechos por el hambre, el frío y la desolación.

—Quisiera robarle algo más de su tiempo. Estoy buscando un lugar para realizar autopsias y pienso que el idóneo sería uno de los crematorios. Allí es donde llegan los cadáveres, ¿verdad?

Nunca había entrado en un crematorio ni en una cámara de gas. Eran lugares vedados a todo el mundo, excepto a los *Sonderkommandos*, las personas más tristes de Auschwitz a pesar de vivir en mejores condiciones. Cada tres meses, los exterminaban a todos y escogían a otros pobres diablos para sustituirlos.

Pasamos al lado de Kanada y la Sauna. Nos quedamos en la puerta del crematorio. Entonces vimos a una mujer que corría como una loca desde Kanada hasta la puerta del crematorio y entraba en el edificio. Había logrado saltarse todos los controles y nadie la había podido parar. Mengele me miró con el ceño fruncido. Entramos nosotros también, y de allí emanaba un fuerte olor a carbón y carne quemada.

—¡Qué demonios! —gritó Kremer, uno de los médicos del campo.

Helena Citrónova era una de las mujeres eslovacas que trabajaban en Kanada. Yo sabía que tenía una relación con el oficial austriaco de las SS Franz Wunsch.

—Van a gasear y a quemar a mi hermana y a sus hijos —dijo Helena—. Los he visto pasar a las cámaras. He visto el pelo rubio de mi sobrina Aviva y a mi hermana, que llevaba en brazos a un bebé. Ni siquiera sabía que había tenido otro niño.

—¿Estás loca? Tienes una buena vida en Kanada. Todos vais a morir, así que disfruta del momento.

—No quiero. Prefiero morir con ella, son toda la familia que me queda.

Mengele se acercó a Kremer y le preguntó qué sucedía. A continuación, el director médico se quedó mirando a la mujer y le preguntó:

—¿Te crees buena?

Kremer tenía el rango de comandante y Mengele era solo capitán, pero le dejó hacer.

Helena lo miró confusa. Parecía medio ida.

—No le entiendo.

—¿Te crees mejor que nosotros?

—No —contestó la joven.

Los dos oficiales sacaron sus armas y la apuntaron, como si se tratara de un juego macabro.

—Entonces no mereces vivir, te unirás a tu hermana pronto —comentó el doctor. Pero justo antes de que disparase, llegó Franz Wunsch.

—¡Esta prisionera es mía! ¡Es buena trabajadora y no puedo perderla!

Tiró del brazo de Helena y comenzó a golpearla, pero sin mucha fuerza.

Se alejó con ella y oí que le decía al oído:

—Rápido, dime el nombre de tu hermana.

—Pero mis sobrinos...

—Los niños no pueden salvarse. Su nombre.

—Rozinka, se llama Rozinka.

El oficial abrió la puerta del vestuario y gritó el nombre. Una mujer muy guapa se volvió de inmediato. Rozinka ya estaba desnuda, según pude comprobar desde la puerta. Se parecía mucho a su hermana. Estaba ayudando a desvestirse a la pequeña, mientras el bebé esperaba tumbado en un banco.

—Soy yo —contestó la mujer. Se tapó los pechos y el pubis.

—¡Fuera! —ordenó Wunsch mientras le arrojaba algo de ropa.

El hombre tiró del brazo de la prisionera.

—¡Fuera, no hay tiempo! —insistió.

La gente ya comenzaba a entrar de forma ordenada a las duchas. La mujer se aferraba a sus hijos, pero un soldado se los arrancó de las manos y los metió en la cámara de gas.

—¡No pueden, son mis hijos!

—Tienes que acompañarme para ver a tu hermana.

—No puedo dejar a los niños —dijo Rozinka mientras miraba a su hija mayor a la puerta de las duchas.

—Ve, mamá —dijo la pequeña—, yo cuidaré de mi hermanito.

El oficial dejó que besara a la niña y esta tomó a su hermano en brazos.

—Portaos bien, volveré pronto —les dijo, sin comprender que ya no los volvería a ver nunca más.

Wunsch cubrió a la mujer con su abrigo. Rozinka se volvió una última vez, justo antes de que las puertas de las cámaras de gas se cerrasen. Entrevió la mirada triste de su pequeña.

Helena abrazó a su hermana y las dos se fundieron en un único sollozo. Llevaban años sin verse.

—Pensé que estabas muerta.

—No, pero ha sido un milagro sobrevivir. ¿Dónde están mis hijos? ¿Qué es este sitio? —preguntó Rozinka.

Al lado estaban las inmensas montañas de ropa.

—No importa nada. Ahora estamos juntas.

—Quiero ver a mis hijos.

—Ellos ya no sufrirán más —dijo Helena.

Rozinka abrió mucho sus grandes ojos.

—¿Qué pasa, Helena?

—Ya están en un lugar mejor.

El doctor Mengele me tomó del brazo.

—Nos vamos —dijo de forma seca.

Nos dirigimos al transporte. Tenía los ojos aguados y un nudo en el estómago. Había visto demasiadas cosas, pero aquella separación monstruosa me había dejado sin fuerzas. Subimos al transporte y, mientras regresábamos a Auschwitz I, no podía alejar esa escena de mi cabeza; quería morirme, desaparecer, descansar. Entonces escuché la voz de David y mi espíritu recuperó algo de aliento. Cerré los ojos e intenté tranquilizarme. A mi lado, el doctor me miraba con una mezcla de indiferencia y curiosidad, como si fuera una más de sus cobayas.

9

DAVID

Auschwitz, abril de 1943

Desde que trabajaba en la Sauna, el tiempo parecía correr más rápido. Durante el día estaba con Klaus, que era un encargado comprensivo y amable, para lo que solían ser los *kapos* y los jefes de barracón. Por las noches, cantaba y después charlaba un poco con mi amigo Jozue. A nuestro alrededor, el mundo seguía siendo igual de terrible, pero nosotros comenzábamos a acostumbrarnos. Era triste pensarlo, aunque sabíamos que cada tren que llegaba a Birkenau alargaba un poco más nuestra miserable vida.

De vez en cuando, encontrábamos algo de valor entre la ropa. Se lo dábamos de inmediato a los soldados nazis. Franz Wunsch se guardaba muchas cosas, al igual que Gerhard Palitzsch. Era como si en el campo los diez mandamientos de Moisés estuvieran totalmente invertidos. Como si robar, mentir, matar, violar, codiciar, blasfemar, odiar a todos y desear lo ajeno fueran la prioridad. Además, los dioses que nos tocaba adorar eran los propios nazis, que se sentían superhombres porque nos pisoteaban como cucarachas.

Me pasaba el tiempo pensado en Zippi. Venía a la Sauna casi todos los días y no dejábamos de intercambiar miradas o de rozarnos un instante con los dedos o el dorso de la mano. Cada vez que nuestra piel se tocaba, sentía una fuerte descarga eléctrica.

Nos mandábamos notas, aunque era muy difícil y peligroso ponerse en contacto. Pero parecía que aquel amor furtivo, inocente y distante era una de las pocas cosas que me levantaba el ánimo.

Era una de las mañanas más tranquilas. El tiempo había mejorado un poco y los trenes habían dejado de llegar por alguna razón que nadie nos explicaba. Se habían parado las deportaciones desde la derrota de los nazis en Stalingrado. Muchos la habíamos celebrado en secreto.

Me asomé a la ventana, como hacía algunas veces, para contemplar el bosque y el río cercanos, que parecían irreales desde este lado de la alambrada. Entonces vi como llegaban varios guardias y algunos judíos. Los miré con cierta curiosidad. Entonces me di cuenta de que estaban pasando lista.

Unos días antes, uno de mis amigos había faltado al recuento y le habían dado tantos latigazos en las nalgas que aún apenas podía caminar. La única forma de escabullirme era intentar colocarme en las hileras por detrás del edificio, pero eso me obligaría a acercarme demasiado a la alambrada y corría el riesgo de que algún guardia me pegase un tiro. Ya había experimentado lo que suponía que te disparasen desde una garita.

Salí por una de las ventanas traseras, gateé pegado a la pared del edificio y dirigí la vista hacia las torres de vigilancia. El ucraniano parecía estar mirando a otro lado. Corrí hasta la esquina y allí me agazapé de nuevo. Los dos soldados que revisaban el recuento junto con los *kapos* parecían entretenidos fumando, así que aproveché el descuido y me dirigí al hueco más cercano en una de las hileras. Antes de que lograra colocarme en posición de firmes, uno de los guardias, Gabor, miró hacia donde me encontraba yo.

No estaba seguro de si me habría descubierto, pero rompí a sudar. Continuó el recuento y eso me tranquilizó un poco, pero, antes de que se deshicieran las filas, el soldado se me acercó. Llevaba en la mano un chicle y me lo ofreció mientras me guiñaba el ojo. No sabía si tomarlo; los guardias solían hablar con nosotros al menos a dos metros de distancia para no contagiarse de nada, especialmente de tifus. Al final me animé a cogerlo.

—¿Has sido un buen chico?

Me quedé petrificado.

—¿Cuál es tu número?

Se lo recité y él lo apuntó en su pequeño cuaderno. Después se alejó silbando.

Nos llevaron a todos al barracón. Era domingo y por las tardes no solía haber trabajo. En cuanto llegamos, me entraron de nuevo los sudores. Jozue estaba intentado limpiar sus zuecos de barro; no tenía botas como yo.

—¿Estás bien? Tienes la cara pálida.

Le conté lo sucedido y me dio una palmadita en la espalda.

—No lo pienses más. Los nazis son imprevisibles, pero jamás esperan para imponer un castigo. Seguramente no te sucederá nada.

Algunos presos habían hecho un balón con telas y otros materiales. En mi barracón, la mayoría teníamos buenos trabajos y estábamos sanos y fuertes, por lo que nos podíamos permitir gastar algo de energía corriendo detrás de una pelota. Me uní a ellos con el ánimo de olvidar el incidente.

Entonces escuché música. Me acerqué a la alambrada y allí había un grupo de mujeres tocando instrumentos. Una de ellas, la que hacía sonar la mandolina, era Zippi. Me quedé absortó por la paz que me produjeron la música y verla allí, con su pelo limpio algo largo, su ropa impecable hecha a medida y sus brazos fuertes acariciando el instrumento de cuerda.

Mi amigo Szaja llegó cojeando y se apoyó en mi hombro.

—Nunca las había escuchado. Debe de ser alguna idea nueva para torturarnos.

—Pues bendita tortura —le contesté. La música era una de las pocas cosas capaces de sanar el alma por sí misma.

Más tarde, Zippi me contaría que Maria Mandl, además de sádica y cruel, era una gran amante de la música. Le había pedido a Franz Hössler que le permitiera montar una banda de música en el campo de mujeres. Eran al menos veinte mujeres de diferentes procedencias y clases sociales, y estaban en Auschwitz por razones distintas. Se notaba que algunas eran simples aficionadas o que estaban tan asustadas que no lograban tocar a la perfección. Entonces destacó un solo de violín que me dejó sin aliento. Una joven que había visto alguna vez, la directora, parecía vivir cada nota, y expresaba con sus movimientos la música que se elevaba en aquella tarde nublada en Birkenau.

Al terminar, después de casi dos horas de concierto, Zippi se acercó a propósito a la alambrada y me saludó con la mano. Después me dijo:

—Mañana voy.

Aquello era lo que esperaba. Habíamos concertado

un pequeño encuentro. Sabíamos que no podría durar más de unos minutos, pero hablar con ella era como un banquete de comida, al menos me alimentaba el alma.

—Allí estaré —le contesté, sin saber que a veces el deseo no se corresponde con la realidad, sobre todo en un lugar como Auschwitz.

A la mañana siguiente, me levanté como una bala; no quería que se enfadaran conmigo después de lo sucedido el día anterior. Mientras hacían el recuento, se me acercó Gabor y me ordenó que saliera de la fila. Obedecí de inmediato. Junto con el otro soldado, me llevaron por todo el campo de hombres hasta que subimos en un transporte y nos dirigimos a Auschwitz I.

Tenía la boca seca, me sudaban las manos y veía borroso. El pánico se estaba apoderando de mí. Tras entrar en el campo principal, nos apeamos y caminamos por la avenida hasta el bloque 11. Aquello no pintaba nada bien. El edificio era uno de los más temidos del campo.

—Vamos a disfrutar un poco —me dijo Gabor en alemán y después me empujó para que me apresurara.

Me llevaron hasta la última planta, abrieron una puerta y entramos en una sala diáfana, con el techo abuhardillado. Unas grandes vigas pasaban por encima de nuestras cabezas. A los lados había algunos aparatos que parecían de un gimnasio, pero que sabía que eran de tortura.

—Conoces las órdenes. El campo funciona porque todos cumplimos con nuestro deber. ¿Crees que deberíamos pasar por alto tu falta?

Entraron una docena de nazis. Iban con el uniforme desabrochado, fumando y riendo. Se sentaron en unas sillas y nos observaron.

—No, señor —le contesté. Sabía que aquella era la respuesta que esperaba.

—¿Cuál es el castigo por no estar en el recuento?

Tragué saliva e intenté no llorar.

—La muerte en la horca.

—Muy bien, veo que conoces las reglas.

Un hombre me ató las muñecas a la espalda y otro lanzó una soga por encima de una viga. Dio un golpe seco y la cuerda se balanceó de forma siniestra a la altura de mi cabeza.

—No te dolerá mucho —dijo un tercer guardia en tono de burla.

Me ataron la soga al cuello y noté la aspereza que me irritaba la piel. Cuando apretaron el nudo, sentí que me faltaba el aire. Estaba temblando y me oriné encima.

«Dios mío, ayúdame», supliqué en mis pensamientos. Sabía que me había ayudado en otros momentos. Cerré los ojos y me dejé llevar.

Escuchaba las risas de fondo y las burlas, sentía la saliva de sus esputos, pero parecía como si estuviera en otro mundo.

—Mira, parece que se ha orinado encima —se mofó Gabor.

Entreabrí los ojos y, en lugar de soldados, me parecieron demonios torturándome en el infierno. Los volví a cerrar y recé.

Alguien me hizo subir a un taburete. La soga se tensaba y me levantaba la cabeza. Me faltaba el aire.

—Número 83.526, te sentenciamos a muerte por no haberte presentado al recuento.

Se hizo un silencio, cesaron las risas. Tan solo escuchaba mi respiración y un pitido en los oídos.

Alguien pegó una patada a la banqueta y perdí el

equilibrio. Noté que la soga se cerraba sobre mi cuello. Me quedé colgando unos segundos, pero enseguida caí al suelo de madera, levantando una polvareda que me cegó los ojos.

Las risas se acrecentaron. Se daban palmadas en la espalda, como si solo se tratase de una pequeña broma de mal gusto en la escuela.

—Bueno, como te hemos perdonado la vida y solamente hemos jugado contigo, tendremos que darte una pequeña lección.

Uno de los guardias sacó un látigo pequeño. Me liberaron las manos y me obligaron a colocar las palmas bocarriba. Volví a cerrar los ojos con la vana ilusión de así poder parar el golpe. El primer latigazo me dejó sin aliento, pero el segundo provocó que se me saltasen las lágrimas.

—No seas una niñata y aguanta como un hombre —comentó Gabor.

Los otros ocho terminaron por destrozarme las manos. Me sangraban por todos lados y el dolor era insoportable.

Gabor y su compañero se despidieron de sus camaradas y me llevaron de nuevo por la avenida. Sabía que la oficina de Zippi estaba cerca; miré a la ventana y, para mi sorpresa, esta me devolvió su mirada. De alguna manera, su sola presencia me alivió en parte el dolor físico.

Las manos se me infectaron con pus y pasé una semana con terribles dolores y sin poder faltar al trabajo. Aunque no me permitieron regresar a la Sauna, tuve que colaborar en un comando aún peor. Debía cavar zanjas durante todo el día, y si te parabas un segundo, comenzaban a darte latigazos.

No pude acudir a mi primera cita con Zippi. Había

vuelto a la casilla de salida, como si estuviera jugando una macabra partida de parchís, con la diferencia de que perder en aquel juego implicaba, a su vez, perder la vida.

No era capaz de aguantar mucho más, no quería aguantar mucho más. Prefería la muerte.

10

ZIPPI

Auschwitz, abril de 1943

David no sabía que había vuelto a salvarle vida. Lo vi aquella tarde que caminaba por la avenida principal de Auschwitz hacia el bloque 11 y no dudé. Me acerqué a mi superior, Paul Heinrich Müller, y le supliqué sin cesar:

—Por favor, no permita que muera.

—¿Por qué te importa tanto un muchacho tan joven? ¿Es acaso familiar tuyo?

Negué con la cabeza.

—Entonces ¿es de tu pueblo, un vecino?

Comencé a llorar. No era bueno mostrarse vulnerable en el campo, pero no podía hacer otra cosa.

—Entiendo. Dime su número.

El hombre escribió una orden en una hoja, llamó a uno de los asistentes militares y este llevó el papel al bloque 11. Lo único que esperaba es que llegase a tiempo.

—Tu amigo no morirá, no te preocupes, pero deberá pagar por sus errores. Eso forma parte de la vida. Durante una semana, estará cavando zanjas para que aprenda la lección.

No podía contradecir al oficial. Aquello era mucho mejor que la muerte, aunque un trabajo duro y una alimentación casi nula podían terminar con el hombre más fuerte en menos de una semana.

Esperé impaciente a que pasara la semana. De vez en cuando me asomaba a la zona de trabajo de David para asegurarme de que estuviera bien. Le di un ungüento para las manos a uno de los responsables de su comando. Contaba los días, sabía que en cualquier momento David podía enfermar y esa sería su perdición.

Esa misma semana me trasladaron de la habitación de mi amiga Katya al bloque 4. Era uno de los mejores del campo. No estaba muy hacinado —apenas un centenar de mujeres—, con las ventanas en perfecto estado, limpio, con mesas y lo que en los barracones de Auschwitz se consideraban modestas comodidades. Los guardias y los oficiales vivían mucho mejor que el resto: tenían a su disposición la piscina, el restaurante y la bodega, no pasaban ninguna privación y muchos robaban. El sistema estaba completamente podrido, pero a los jerarcas nazis lo único que les importaba era exterminar gente, tener mano de obra esclava y deshacerse de los molestos.

Unos días más tarde, mientras se escuchaban los fusilamientos en el Muro Negro, llegó al campo una comisión de investigación. La denuncia de Katya parecía haber sido efectiva. Habían encargado a dos oficiales de las SS registrar todo el campo, comprobar los libros y poner en orden Auschwitz. La guerra comenzaba a irles mal a los alemanes, lo que nos alegraba, pero cada vez eran más violentos e imprevisibles.

—¿Dónde está el oficial Palitzsch?

Me levanté de la silla. Los dos rostros pálidos contrastaban con el uniforme negro. Llevaban gafas y bigotes finos como su líder. Eran temibles hasta para nuestros torturadores.

—Creo que se encuentra en el bloque 11.

—¿A qué espera? Llévenos hasta allí —dijo el mayor con una voz algo afeminada.

Yo caminaba delante, aunque sentía sus miradas clavadas en la nuca. Ya en la avenida, se escucharon más disparos. Un soldado custodiaba la entrada del bloque.

—¿Dónde está su superior?

El soldado comenzó a balbucear.

—Está en el patio, señor.

Abrieron las puertas y entonces vimos cómo Palitzsch gritaba a una niña, que no debía superar los nueve años, para que echara a correr. En el suelo yacían muchos cadáveres.

—¡Corre, que te pillo!

La niña corría y lloraba. Estaba sucia y se le pegaban los pies al barro negruzco. El nazi apuntaba con la pistola. Al cabo de unos segundos, disparó y la niña se derrumbó.

—Es más divertido cazar conejos —comentó Palitzsch mientras guardaba el arma—. ¿En qué puedo ayudarles, caballeros?

—Somos de la oficina de las SS en Berlín, hemos venido a supervisar el campo. Hemos recibido unas denuncias.

El hombre sonrió y señaló los cadáveres.

—¿Acaso no les gustan nuestros métodos en Berlín? Himmler vino el año pasado y nos felicitó.

El más viejo dio un paso adelante y miró al oficial directamente a los ojos.

—No nos importan sus métodos —dijo con dureza—. Las razas fuertes no se paran a mirar qué les sucede a los subhumanos ni a las razas inferiores. Lo que no se puede consentir es que haya miembros de las SS que roben al pueblo alemán, y mucho menos mientras este pasa necesidades por causa de la guerra contra los judíos internacionales. Hemos traído a veinte hombres, que están en este momento revisando las taquillas y las habitaciones de todos los miembros de la guardia del campo. ¿Tiene algo que ocultar?

Por primera vez, Gerhard pareció ponerse algo nervioso.

—Aquí estamos haciendo un gran trabajo —respondió—. Cada día mandamos muchos kilos de oro, plata y joyas a Berlín, pero puede que una pequeña parte se pierda por el camino... Ya me entienden.

—No le entendemos —comentó el más joven.

—Todo el mundo lo hace, hasta el comandante...

En ese momento, Palitzsch cayó en la cuenta de que aquellos dos tipos iban en serio. Yo miré los cuerpos de los niños: aquel hombre no era un monstruo, sino un simple mortal con poder ilimitado sobre las vidas de todos los prisioneros del campo. Me hubiera gustado pensar que esos actos únicamente los podía perpetrar un monstruo, pero los seres humanos somos capaces de realizar las más hermosas acciones y cometer los más viles pecados.

El oficial me miró de arriba abajo. Tuve la sensación de que había intuido por unos instantes que Katya podía estar detrás de la denuncia, o tal vez yo. Aparté la mirada y regresé a la oficina.

Unos días más tarde, algunos oficiales fueron enviados a otros campos como castigo, pero el cruel Gerhard Palitzsch salió indemne. Era uno de los protegidos del comandante, el que le hacía el trabajo sucio.

Katya tuvo que continuar con él, aunque en el fondo le daba asco.

Nadie entendía por qué Rudolf Höss no había caído con el resto. Muchos rumoreaban que la culpa de la situación era del comandante, por la falta de supervisión de sus hombres. Höss había permitido que robasen. Además, se decía también que mantenía una relación con una presa política austriaca, Eleonore Hodys, a la que había dejado embarazada y obligado después a abortar. Era una de las mujeres más hermosas del campo. Había sido modelo de joven y, a pesar de las condiciones de vida en Auschwitz, mantenía intacta su belleza.

Al final, Katya no se había librado de Palitzsch, pero tampoco había perdido la protección que su pareja le brindaba.

Las mujeres eslovacas habíamos acaparado los mejores puestos. Nos cuidábamos entre nosotras y esperábamos que aquella unidad nos permitiera sobrevivir a la guerra. Estados Unidos y el contraataque soviético estaban poniendo en serios apuros al Tercer Reich y, a diferencia de un año antes, muchas mujeres tenían la esperanza de sobrevivir al conflicto y continuar con sus vidas, si es que todavía quedaba algo de sus vidas al otro lado de las alambradas.

El ambiente en el bloque 4 era bueno. Lo gobernaba Mala y su ayudante era Ana. A pesar de que Mala era belga, encajó muy bien con todas nosotras. Nos cuidábamos y procurábamos que los nazis nos dejaran en paz.

Una tarde, Mala recibió a un grupo de mujeres belgas. Me pidió que la ayudase y, cuando las recién llegadas bajaron de los vagones, aturdidas y asustadas, las dos nos dirigimos a ellas en francés. En el fondo del campo, en la Casita Blanca, como la llamaban los nazis, se había instalado la primera cámara de gas. Nunca había entrado en ninguna; por eso, cuando me di cuenta de que las estábamos acompañando hasta allí con los guardias, me acerqué y le dije en alemán al oído:

—¿Las llevamos a las duchas?

—Sí, tenemos sobreabundancia de trabajadores y no hay donde meterlas.

Me quedé petrificada. Desde mi despacho pasaba informes y los domingos tocaba en la banda, pero llevar a la muerte a un grupo de mujeres, la mayoría de ellas jóvenes, era un trabajo demasiado monstruoso.

Caminé cabizbaja. Una vez dentro de la casa, en una pequeña y agobiante estancia, Mala mandó a las mujeres que se desnudasen.

—Venga, deprisa. Les está esperando una buena cena y una cama mullida. Se acabó el infierno del viaje —les prometió para que se confiaran.

Mientras las mujeres dejaban con cuidado sus ropas raídas y sucias en las perchas, yo intentaba aguantar las lágrimas. Algunas eran poco más que niñas. Las madres ayudaban a sus hijas y las nietas a sus abuelas. En unos minutos todas quedaron desnudas, llenas de vergüenza.

—Adentro, el agua está caliente —dijo Mala con una sonrisa, y a mí me dio un vuelco el corazón. Cuando la última entró y uno de los hombres de la cámara de gas cerró la puerta, me dirigí a la salida. Mala me paró y me preguntó:

—¿No quieres mirar?

—No. ¡Dios mío!

Esperé fuera. Después vi que comenzaba de nuevo el movimiento dentro de la casa. Algunos cargaron en los carros las ropas, que aún conservaban el olor y el calor de las prisioneras. Cerré los ojos y grité en mi interior: «Dios mío, si existes, detén esto, por favor».

Mientras regresábamos a Auschwitz I, no podía dejar de llorar. Mala me miraba algo sorprendida.

—Llevas aquí más tiempo que yo, no sé por qué te comportas así.

—No quiero que se me endurezca el corazón. El día que no me horrorice todo esto, ya estaré muerta. Muchas veces morimos dos veces: la primera vez lo hacemos en nuestra alma y, mucho más tarde, en el cuerpo. Los nazis parecen personas como nosotros. Se mueven, andan, ríen y son capaces de acariciar un perro o tomar en brazos a sus hijos, pero sus almas están muertas.

—Yo no creo en el alma —contestó la belga—. He visto morir a toda mi familia y mis amigos. ¿Dónde están sus almas? Ahora son cenizas y lo único que me queda es esta carne.

Por primera vez, vislumbré algún tipo de sentimiento en el rostro de aquella mujer tan fría. Lo peor que estaban haciendo los nazis no era convertirnos en sus cómplices, era quitarnos todo lo que nos hacía llamarnos seres humanos.

Después de aquel día en la Casita Blanca, me quedé muy deprimida. Sabía que dejar que los sentimientos aflorasen era muy peligroso. Nadie nos ha enseñado a vivir en la más absoluta adversidad. Me pasé muchas horas mirando por la ventana: los árboles habían recuperado las hojas verdes y una nueva primavera había llegado al mundo aunque los hombres se empeñasen en alargar el invierno. Tomé una pluma y comencé a escribir:

No nos conocemos, pero nuestras miradas furtivas, algunas palabras susurradas y los suspiros desesperados nos han unido. Desde la primera vez que te vi, supe de alguna forma que eras mío. Nunca me había pasado, porque siempre he sido una mujer juiciosa, casi calculadora, segura de mí misma. Ahora no sé nada, pero te deseo. Intentar amar en un lugar como este casi me parece un acto inmoral, pero, de alguna manera, el amor es una de las pocas cosas que puede contrarrestar tanto odio y maldad. Llevo más tiempo aquí que tú y por eso te pido prudencia. Te espero esta noche en la Sauna para besar esas manos doloridas. Destruye esta nota después de leerla.

La doblé varias veces. Después le pedí a un soldado que me escoltase hasta Birkenau; cada vez me asqueaba más entrar en aquel lugar, pero no me quedaba más remedio. Tras realizar varias de mis supervisiones, me acerqué al bloque en el que se alojaba David. Me había hablado de un amigo llamado Jozue; pregunté por él y le entregué la nota.

Mientras me dirigía de vuelta a la oficina, todo aquel escenario de horror y muerte desapareció de mis pensamientos. Lo único que podía hacer era evocar la última vez que le había visto, asustado y a las puertas de la muerte. Lo había devuelto dos veces a la vida, pero él era el único que podía devolverme lo que yo perdía cada día que permanecía en Auschwitz: mi alma.

11

DAVID

Birkenau, abril de 1943

Me recuperé muy lentamente de mis heridas. Me quedaron una marca en el cuello y las manos destrozadas, aunque lo peor fue el miedo que se instaló en mi corazón y que hasta aquel momento había logrado superar. A pesar de todo lo que sufrí en el gueto, de haber presenciado la muerte de mis seres queridos y de ver cómo enviaban a lo que restaba de mi familia a las cámaras de gas, creí que ya no me quedaba nada por vivir que fuera aún más terrible. Pero verme colgado de una soga en el bloque 11, con la humillación y el escarnio de aquellos soldados de las SS, había destruido mis ultimas defensas.

Estuve dos días encerrado en el bloque. El *kapo* me dejó allí para que me recuperase de las manos, aunque debía formar en los recuentos de la mañana y de la noche. Jozue me estuvo cuidando con una crema que había conseguido en alguna parte. Tenía las manos hinchadas e infectadas, pero se curaban con rapidez; mi ánimo, en cambio, no regresaba. Me estaba dejando ir.

—Levántate, no voy a permitir que te hundas —me ordenó Jozue, que parecía más desmejorado. Yo no lo sabía, pero me había estado dando su escasa ración de comida para ayudarme a sanar.

—No tengo ganas. Déjame dormir.

—El *kapo* me ha dicho que mañana regresarás a la Sauna.

Aquel comentario me sorprendió. Después de lo sucedido, era lo último que esperaba. En Auschwitz nunca había segundas oportunidades.

—No me queda nada por lo que vivir —le contesté mientras intentaba ahogar las lágrimas, que en los últimos días no habían cesado de manar de mis ojos.

Mi amigo me dejó una nota al lado de la cara.

—Eres más afortunado de lo que crees. Auschwitz es un infierno para todos, pero tú tienes un ángel de la guarda.

Aquel comentario me hizo reaccionar. Tomé la nota, escrita en polaco, y, mientras las letras se me clavaban en las pupilas, el corazón se me comenzó a hinchar. Era Zippi, no se había olvidado de mí.

—Habla con el *kapo*, con Klaus, con quien sea. Esta tarde tengo que estar en la Sauna.

Jozue sonrió por el milagro que había producido aquella nota en mi alma.

—Ahora eres otra vez el chico que conocí. Esta maldita guerra terminará en algún momento. Los hombres dejarán de matarse y podrás seguir con tu vida.

—No estoy tan seguro de eso, pero quiero vivir este momento. El campo es terrible, pero cada nuevo día es un regalo de Dios. Él me ha librado tres veces de una muerte segura, eso debe de tener un sentido. ¿No?

El hombre se encogió de hombros.

—No sé si todo esto tiene un sentido, la verdad, pero aprovecha que alguien te ama y se interesa por ti. Aquí nadie piensa en el otro; todos quieren sobrevivir, aunque sea a costa de que su compañero muera.

Por la tarde, estaba preparado. Tenía las manos vendadas; me dolían un poco, pero la ilusión era capaz de anestesiarme. Caminé el corto camino hasta la Sauna. Klaus me recibió amablemente y después me asignó un trabajo.

—No cometas más errores, el próximo será mortal. Te lo aseguro.

—Gracias por todo, Klaus.

—Ella vendrá en una hora. El guardia se quedará fuera, está todo organizado. Tenéis diez minutos, ni uno más.

—Entendido.

Intenté hacer mi trabajo lo mejor que pude, aunque me dolían mucho las manos. Un tren llegó a última hora y el bullicio tardó en cesar, también el trasiego de prisioneros trayendo y llevando paquetes de ropa. Cuando todo quedó en silencio y el sol se extinguió en el horizonte, escuché como se abría la puerta.

No podía ver bien su rostro. Las bombillas no eran muy potentes en la sala, pero sabía perfectamente que era ella. Sentí algo de perfume, creí estar soñando. Los únicos olores que había experimentado en los últimos años habían sido los de la muerte y la podredumbre. Se acercó, dejando que el aire que desplazaba paliara en parte la pestilencia a químicos y el sudor de la ropa.

Se quedó parada justo enfrente, a un par de metros, y me observó unos segundos como si estuviera contemplando una obra de arte.

—Hola, Dawid —me dijo en mi lengua.

Di un par de pasos hacia delante y ella se acercó hasta que nuestras caras casi se rozaron. Yo era mucho más alto, pero Zippi llevaba unos zapatos con algo de tacón y se había puesto de puntillas.

—Llevo esperando este momento mucho tiempo.

—Yo también —le contesté.

Me tomó de las manos, me quitó con cuidado las vendas y después me las besó. No le importó que estuvieran hinchadas y con pus. Después las lavó, me echó un ungüento y volvió a taparlas con gasas limpias, de un blanco impoluto.

Nos quedamos abrazados sin hablar, sintiendo uno la piel del otro. Era agradable notar la cercanía de otro ser humano, el olor de su pelo limpio, aquellos ojos llenos de ternura, amor y algo de picardía. Zippi elevó la mirada y me dijo:

—Tienes que sobrevivir, por favor. Ten más cuidado, no cometas más errores.

Era la segunda persona que me lo decía aquel día. Sentir que le importaba a alguien en el mundo me devolvió la confianza y las ganas de vivir.

—¿Por qué yo? —acerté a preguntar.

—El amor no se puede explicar. ¿Por qué David, el rey de Israel, amó a la sulamita, si había miles de mujeres solteras en su pueblo?

Entonces comencé a recitar un fragmento del libro del Cantar de los Cantares, porque había aprendido de memoria casi toda la Torá y los libros sagrados en el gueto de Varsovia.

Ah, si me besaras con los besos de tu boca...
¡Mejor es tu amor que el vino!
La fragancia de tus perfumes es placentera;
tu nombre es bálsamo aromático.
¡Con razón te aman las doncellas!

¡Arrástrame en pos de ti! ¡Date prisa!
¡Llévame, oh rey, a tu alcoba!
Regocijémonos y deleitémonos juntos;
celebraremos tus caricias más que el vino.
¡Sobran las razones para amarte!*

Entonces ella contestó para mi sorpresa:

¡La voz de mi amado!
¡Mírenlo, aquí viene!,
saltando por las colinas,
brincando por las montañas.
Mi amado es como un venado;
se parece a un cervatillo.
¡Mírenlo, de pie tras nuestro muro,
espiando por las ventanas,
atisbando por las celosías!
Mi amado me habló y me dijo:
«¡Levántate, amada mía;
ven conmigo, mujer hermosa!
¡Mira, el invierno se ha ido
y con él han cesado y se han ido las lluvias!
Ya brotan flores en los campos;
¡el tiempo de la canción ha llegado!
Ya se escucha por toda nuestra tierra
el arrullo de las tórtolas.
La higuera ofrece sus primeros frutos;
las viñas florecen y esparcen su fragancia.
¡Levántate, amada mía;
ven conmigo, mujer hermosa!».**

* Cantar de los Cantares 1:1-4. Nueva Versión Internacional.
** Cantar de los Cantares 2:8-13. Nueva Versión Internacional.

Rozamos nuestros labios levemente y sentí la frescura de su boca. Nunca antes nadie me había besado. Una corriente eléctrica me recorrió el cuerpo. El tiempo se detuvo, ya no habitábamos en el infierno. Éramos dos enamorados, como los millones que ha habido desde que el mundo gira; estábamos convirtiéndonos en una sola carne. No sé cuánto duró, pero a mí se me hizo a la vez fugaz y eterno.

Entró en la sala Nachtwächter y dijo en alemán:

—Viene alguien, tenéis que iros de aquí.

Miramos a un lado y a otro. No sabíamos qué hacer. ¿Era mejor escondernos o disimular que estábamos trabajando?

Al final optamos por lo segundo. Zippi comenzó a revisar unas telas y yo continué con el recuento.

Escuchamos unas botas que se detenían en la puerta para reemprender de inmediato los pasos sobre el suelo de madera. Observé aquel calzado negro bien lustrado, que no se había ensuciado a pesar del lodo del campo. Subí la vista a los pantalones planchados y, por último, a la guerrera, aunque evité mirar al capitán a la cara.

—¿Qué hacen aquí a estas horas? —preguntó en un alemán culto y educado, con la pronunciación perfecta. Los dos nos quedamos paralizados por el miedo. El oficial se acercó y me sentí de repente de vuelta en Auschwitz, donde estábamos a merced de aquellos dioses iracundos y malvados.

12

ZIPPI

Auschwitz, abril de 1943

Me pasé todo el día contando los minutos. A ratos pensaba que no acudiría a la cita. Su compañero me había contado que no se movía de la cama, tumbado e incapaz de levantarse, como si hubiera perdido el interés por vivir.

Irena Fein, una de las chicas eslovacas que ayudaba con las tareas domésticas en la casa de uno de los comandantes, trajo unas galletas para Katya. Al parecer, la mujer del comandante había querido tener un detalle con mi amiga porque le había enviado a una buena chica para el trabajo de la casa. El resto de las compañeras miraron a Irena con cierta sorpresa y algo de molestia. No les gustaba que los nazis estuvieran tan complacidos con nuestro trabajo, pero en el fondo todas sabíamos que era mejor hacerse imprescindibles que pasar desapercibidas.

—Muchas gracias, Irena —dijo mi amiga antes de repartir las galletas de chocolate. Nadie había comido nada así en años. Todas comenzamos a gemir de placer; el sabor del chocolate y el azúcar se deshacía en nuestros labios. El paladar no estaba acostumbrado a una delicia como aquella después de probar tanta bazofia.

—¿Sabéis lo que me ha preguntado la mujer del comandante?

Todas nos quedamos mirando a la joven. Sus ojos azules brillaban más desde que podía conseguir mejor alimentación y ropa limpia. Negamos con la cabeza.

—Que si estaba contenta en el campo. Y también cómo era la vida aquí.

—¿Qué le has respondido? —le pregunté.

—Estaba colgando unas cortinas justo en ese momento y casi me caigo del susto. La he mirado y le he dicho que no podía contarle nada del campo, que ella después se lo diría a su esposo y eso podría ponerme en peligro. Ha fruncido el ceño como si estuviera extrañada. No sé qué creen que pasa aquí. El olor a carne quemada se puede percibir a varios kilómetros a la redonda, por no hablar del aspecto de los prisioneros. Pero tengo la sensación de que toda esa gente vive en su particular campana de cristal. Ajenos a lo que significa Auschwitz e incluso a la guerra. Los guardias y sus familias tienen de todo, pero en Alemania se comienza a sentir la escasez.

—Son como buitres. Piensan que tienen derecho a todo —comentó otra chica.

En ese momento, entró en la oficina Maria Mandl y se hizo un silencio sepulcral. Todas nos pusimos en pie y saludamos.

—Zippi, ven conmigo a la lavandería. Quiero que veas algo.

Un escalofrío me recorrió la espalda. Llevaba todo el día esperando a la noche para reunirme con David y ahora aquella mujer quería que hiciera algún trabajo o algo peor.

La seguí a varios pasos de distancia. Maria se llevaba

algo mejor con Katya, pero yo nunca había hablado con ella hasta aquel momento.

—Estás haciendo un buen trabajo en la orquesta. Todo el mundo cree que soy un monstruo, pero yo también hago mi trabajo lo mejor que puedo. En un sitio como este, la disciplina lo es todo. Quiero que veas unas telas, las últimas que han llegado se rompen enseguida.

En el edificio, bajamos al sótano, donde escuchamos unas voces. La alemana me hizo un gesto para que me detuviera.

—¡Theresa, te lo suplico! Ya no puedo más, no creo que lo soporte. Estoy cavando zanjas.

—¡Madre! ¿Quién soy yo para ayudarte? Al final vas a conseguir que nos maten a las dos.

—Theresa, por favor, te lo suplico.

Nos asomamos por la esquina y observamos la escena. La madre estaba de rodillas, vestida con andrajos, y la hija intentaba apartarla con la mano, a pesar de que se resistía.

—¡Por favor, hija! ¡Por el amor de Dios!

La chica le dio una patada y la mujer, que no debía ser tan mayor, pero estaba envejecida por la miseria de Auschwitz, se quedó en el suelo llorando amargamente. Maria Mandl se aproximó y ambas comenzaron a temblar; el resto de las prisioneras regresó a sus trabajos.

—¿Qué está sucediendo aquí?

—Esta mujer ha entrado sin permiso —comentó Theresa.

—¿No es tu madre?

La joven negó con la cabeza y la guardiana frunció el ceño.

—¿Esta es tu hija?

La mujer afirmó con la cabeza.

—Ahora tú ocuparás su lugar y tú, el suyo. ¡Venga!

La mujer reaccionó llorando.

—No, deje a mi hija en la lavandería.

—¿No querías un puesto aquí? Ella es joven y resistirá mejor. Además, ya has visto cómo te ha tratado, sucia judía.

—¡Mamá! —gritó la joven entre lágrimas.

—Me iré afuera, lo prefiero —dijo la mujer poniéndose en pie y caminando hacia las escaleras.

—Harás lo que yo te diga —contestó la guardiana mientras la azotaba con el látigo. Después, agarró de los pelos a la hija y la sacó a las escaleras—. Vete a cavar zanjas, mala hija.

Maria Mandl parecía disfrutar con la situación.

—Luego negáis que sois peores que las bestias. ¿Qué tipo de hija haría una cosa así?

No contesté a la jefa de las guardianas. Me limité a borrar toda expresión de la cara, aunque me sentía totalmente angustiada. Hasta qué punto nos estaban degradando que éramos capaces de perder todo lo que nos hacía humanas y caer en lo más bajo.

Maria Mandl me enseñó las telas y después regresé a la oficina. Ya se habían marchado todas, solo quedaba Katya.

—Tenemos que hacer algo —le comenté, indignada y asqueada.

—¿Algo? No entiendo.

—Que la gente sepa lo que está pasando aquí.

Mi amiga se encogió de hombros.

—¿Qué podemos hacer? Somos tan prisioneras como el resto. Y si los nazis sospechan algo, nos ahorcarán en el patio.

Sabía que tenía razón, pero vivir sin dignidad no es vivir en realidad.

—Guardaremos los informes de muertos diarios, las estadísticas de las cámaras de gas y las listas de las personas que ordenan asesinar cada día. Algún día toda esta gente deberá pagar por sus crímenes ante la justicia.

Aquella noche, mientras besaba a David, mis sentidos flotaban. Tan solo me había besado antes con mi prometido, pero jamás había experimentado aquella sensación. Cuando nos advirtió el guardia y a continuación escuchamos los pasos del oficial, nos quedamos paralizados.

—Estamos repasando unas cosas —logré contestar. David había palidecido de golpe.

—Precisamente a usted es a quien estaba buscando. Mañana vamos a vaciar el sector C. Se ha propagado el tifus de tal manera que es absurdo hacer un cribado; la mayoría de esas mujeres ya no son productivas y la plaga puede extenderse a otros campos cercanos, lo que frenaría el trabajo de todo Auschwitz. Las SS tienen unos contratos que cumplir.

El doctor Mengele comentó todo aquello con su encantadora sonrisa.

—¿Qué puedo hacer yo, capitán?

—Es una experta en organización. Necesito cincuenta camiones para mañana, cuando está previsto el traslado de muchas mujeres y algunos barracones del campo gitano. Mis antecesores han sido demasiado descuidados.

Aquellas palabras me helaron la sangre.

—Pero...

—¿Alguna objeción? —preguntó el médico nazi.

—No, capitán.

—Pues dejen de perder el tiempo aquí. Mañana me

levantaré pronto para proceder con la desinfección de Birkenau. Espero que todos los camiones estén a tiempo.

—Lo estarán, capitán.

El oficial salió de la sala. Hasta que sus pasos no se escucharon lejanos, retuvimos el aliento.

—Lo que ha dicho es terrible —comentó David—. Van a asesinar a miles de personas.

—Eso es lo que pasa cada día en Auschwitz —le recordé.

—Es verdad, pero...

Conocía a muchas mujeres de Birkenau. Algunas habían llegado al mismo tiempo que nosotras y eran también eslovacas, pero no podía hacer nada para evitarlo.

Me acerqué a David y le besé en la frente.

—Mañana va a ser un día terrible, pero amanecerá, lograremos superarlo y, si aguantamos hasta el final, saldremos de esta pesadilla —le aseguré.

—Puede que tengas razón, pero me pregunto si nos quedará algo de nosotros en el interior o seremos cuerpos sin alma.

13

DAVID

Birkenau, mayo de 1943

La desinfección se retrasó unos días, y en todo ese tiempo no pude ver a Zippi. El doctor Mengele estaba instalando su laboratorio. Al parecer, era un genetista que iba a realizar experimentos con humanos. Los nazis nos trataban como si fuéramos cobayas, aunque para ellos un animal era mucho más importante que una persona.

Unas semanas antes, el perro de uno de los sargentos más crueles que vigilaban en los crematorios se precipitó en las alambradas y murió electrocutado. El sargento lloró amargamente por la muerte de su mascota, un pastor alemán al que había enseñado a morder en las nalgas a los prisioneros y con el que había matado a más de uno. Pidió a un prisionero taxidermista que disecara la cabeza y después colocó su figura en una caseta cercana al crematorio.

Todos odiábamos aquel símbolo de la opresión que nos convertía en inferiores a cualquier animal. Los nazis habían intentado deshumanizarnos una y otra vez. Sus teorías racistas y sus ideas basadas en el darwinismo social, según me había explicado mi padre años antes, buscaban el exterminio de todos los que consideraban inferiores. Llevaban tiempo practicando la eutanasia y la eugenesia, con la esterilización de delincuentes y todo tipo de discapacitados.

Después de que el nazi enterrara el cuerpo de su perro, varios prisioneros lo desenterraron y cocinaron, como si fuera una especie de venganza macabra contra nuestros opresores.

Yo siempre había amado a los perros, pero los nazis los utilizaban para infundirnos aún más terror.

Unos días más tarde, me llegó una nota de Zippi. Tras leerla con avidez, la destruí.

Todavía saboreo tus labios. Me acuesto y pienso en aquel beso interminable que casi nos cuesta la vida, pero aun así habría merecido la pena. Nada sabe tan dulce como tu boca. Durante estos días no he podido organizar otra cita, el campo está revuelto. La llegada de ese médico lo ha trastornado todo. Además de la revisión del campo de mujeres, Mengele ha ordenado desinfectar el campo gitano.

Ha sido terrible. Yo estaba presente para hacer los recuentos. Llegamos a primera hora de la mañana y se obligó a todo el mundo a dirigirse hacia los baños. Los soldados entraron con mascarillas y fumigaron cada barracón. Otros prisioneros fueron sacando a la gente que no pudo salir por su propio pie y apilaron los cuerpos en los camiones como troncos de madera. En el campo de mujeres fue terrible, pero en el gitano observé que muchos de los cuerpos eran de niños y ancianos. Familias enteras que han desaparecido para siempre en un instante. A medida que avanzábamos, la gente parecía más desesperada; sabían que los iban a matar en las cámaras de gas y corrían hacia nosotros o intentaban aferrarse a las botas del capitán médico. Este les observaba con una mirada fría, como si estuviera viendo a corderos antes de ser llevados al matadero. El último lugar al que nos dirigimos fue el campamento hospital; allí desalojamos la mayoría de los barracones. Hay que hacer algo: tenemos que advertir al mundo sobre esta locura.

Espero verte pronto de nuevo, no pierdas la esperanza. Resiste por mí.

Con un profundo amor,

ZIPPI

Las palabras de mi amiga me dejaron petrificado. Habíamos escuchado los gritos a lo lejos, también el rugido de los camiones que se dirigían hacia las cámaras de gas, pero el relato de Zippi ponía a aquellos gritos y sonidos anónimos cara y alma.

Habíamos regresado aquella tarde del trabajo cuando escuchamos una motocicleta. Todos nos pusimos en guardia, incluido el jefe del barracón. Sabíamos que se trataba de Mengele. El capitán entró en nuestro edificio y nos miró con frialdad, aunque manteniendo una sonrisa en los labios.

—Que se desnuden —ordenó suavemente a nuestro *kapo*.

—¡Desnudaos!

—Usted también —le dijo al *kapo*.

Después nos hizo formar en filas de cinco y comenzó la inspección. No sabíamos lo que buscaba, aunque muchos temían que nos seleccionara para sus experimentos. Ya se había corrido la voz de que quería encontrar gemelos y que estaba obsesionado con el color de los ojos de los prisioneros. Se paró justo delante de mí y me observó un momento.

—Bonitos ojos —dijo mientras me los examinaba.

Algunos prisioneros comentaban que el capitán médico tenía tarros de cristal repletos de globos oculares.

—Lástima que tengan un pequeño defecto —dijo antes de pasar al siguiente prisionero—. Este sí.

Un soldado apartó al chico a un lado. Era mi amigo Szaja.

—No veo nada bueno por aquí —concluyó mientras se golpeaba con su fusta en las botas.

En cuanto se fue el capitán, todos respiramos aliviados.

Un día más tarde, Georg, el encargado de la Sauna que había sustituido a Klaus, que se encontraba enfermo, no me incluyó en la *Strafkompanie*; aquello únicamente podía significar una cosa: alguien lo había sobornado para ocupar mi puesto. La moneda no oficial que circulaba en el campo era el tabaco. La gente no fumaba, pero lo usaba para las transacciones. Si alguien comenzaba a fumar era porque había perdido la esperanza.

Georg me llamó aparte y me dijo:

—Alguien te ha asignado un trabajo más sencillo en la Sauna. Irás por la tarde para contar los fardos. Ya no tendrás que cargar o hacer nuevos paquetes. Por eso no te he llamado.

Aquello me tranquilizó, sabía quién podía estar ayudándome.

La primera tarde fue tranquila. El edificio estaba en calma y podía entretenerme jugando con los ratones o simplemente quedarme tumbado entre los sacos. Entonces entró Zippi. Iba muy bien vestida, parecía un ángel.

Nos besamos en los labios y después me tomó de la

mano. Me hizo subir por unos fardos hasta la parte alta de la montaña de ropa limpia. Desde abajo era imposible que nadie nos viera.

—Este será nuestro nido de amor —me dijo por fin—. Magda Hellinger me explicó cómo hacerlo. Al parecer, ella se ha estado viendo con otro preso.

Nos tumbamos entre las ropas. Intenté no pensar que todos aquellos objetos habían pertenecido a personas como nosotros, que unos meses antes vivían sus vidas despreocupadas o agobiadas con cosas tan triviales que tras su muerte les parecerían absurdas.

—Ha llegado un hombre llamado Witold Pilecki. Es un antiguo capitán polaco, y lo ha enviado la resistencia para recabar información.

—¿Alguien ha entrado voluntariamente aquí? —le pregunté, asombrado.

—Sí, debe obtener información para enviársela a los aliados. En cuanto sepan lo que sucede, bombardearán las vías e impedirán que los nazis sigan matando a tanta gente.

—¿Qué tiene eso que ver contigo?

—Le estoy pasando datos. Quiere escapar en cuanto reúna lo que necesita.

—¿Y no podríamos irnos nosotros con él? —le pregunté. Por un momento sentí un destello de esperanza.

—Eso es imposible, la información es más importante que nuestras vidas. Ya le he explicado algunas cosas a mi hermano Sam en las postales que le envío, aunque no puedo decirle mucho y lo hago en clave. Esta es nuestra oportunidad para que el mundo sepa lo que está sucediendo aquí.

—No creo que le importemos a nadie —le contesté.

Ella frunció el ceño y me besó.

—No seas tan negativo. Ahora tienes un mejor horario, ración doble de comida...

—¿Cómo puedes hacer todo eso? —le pregunté. Ella se me quedó mirando como si fuera un niño pequeño.

—Auschwitz se rige por una sola norma, todo lo demás es pura fachada: los favores son lo más importante. Si la gente te debe favores, puedes conseguir casi cualquier cosa.

—Pues dame la libertad —bromeé.

—Eso es justo lo único que no puedo darte. ¿Tan pronto quieres perderme de vista? —me preguntó con una sonrisa.

Nos besamos. Perdimos la noción del tiempo mientras nuestras pieles se encontraban y por fin escapábamos de las alambradas que nos rodeaban, del sufrimiento del pasado y del dolor. Por unos momentos, experimentamos la sensación más prohibida en Auschwitz: el placer.

«Dios nos hizo de tal forma que el placer fuera la gratificación a casi todas nuestras acciones, pero nosotros lo convertimos en algo nefasto y nos hicimos esclavos de él».

La voz del rabino de mi calle resonó de nuevo en mi mente. En aquel momento, cuando apenas había despertado a la vida, no las entendí, pero mientras regresaba a mi bloque no podía dejar de pensar en aquellas palabras.

No me quedaba mucho para llegar cuando me salió al paso uno de los SS más sádicos. Me quité la gorra y agaché la cabeza.

—¿Qué haces a estas horas caminando solo por el campo? —me preguntó Josef Schillinger.

—Vengo de la Sauna, trabajo allí.

—¡Baja los brazos! —me ordenó.

En cuanto los tuve pegados al cuerpo, el soldado me golpeó con el puño con todas sus fuerzas. Del porrazo me arrancó dos dientes. No entendía por qué había hecho eso, pero en Auschwitz era suficiente con estar en el lugar equivocado en el momento menos oportuno. La dirección de las SS había dado orden de que no se matara a los prisioneros sin una justificación. Nuestra mano de obra era cada vez más valiosa.

—Regresa a tu campo de inmediato, te vas a perder el espectáculo.

Regresé lo más rápido que pude a mi barracón. Justo enfrente de las cocinas, vi que estaban todos los prisioneros formados. Me uní a ellos y entonces me percaté de que en el patíbulo había tres personas, esperando a ser ahorcadas: dos adultos y un niño. Los *kapos* les ataron las manos y les echaron la soga al cuello. Uno de ellos levantó la cabeza y gritó:

—¡Viva Polonia!

Todos tuvimos ganas de secundarlo, pero permanecimos callados.

Intenté apartar la mirada, pero sabía que no era buena idea. Un sabor a sangre me recorrió la lengua; noté el hueco que habían dejado mis dientes.

—¡Esto es lo que les sucede a los que intentan huir! —gritó un oficial—. ¡No tenéis escapatoria, cerdos! El Tercer Reich gobernará el mundo mil años.

Todos sabíamos que los nazis estaban perdiendo la guerra, aunque no estábamos seguros de que eso fuera a salvarnos la vida. Auschwitz era un mundo aparte, donde no regían las reglas ni las normas del exterior. Por eso era mejor no esperar nada.

14

ZIPPI

Auschwitz, junio de 1943

Nunca pensé que lograría navegar en las tormentosas aguas del infierno de Auschwitz. Mi padre siempre me dijo que era una mujer decidida, capaz de conseguir cualquier cosa, y mi abuela Julia me contó que las mujeres de la familia proveníamos de una larga estirpe de mujeres fuertes. Aun así, la condena en un sitio como aquel era la más cruel que se podía administrar a un ser humano. La mayoría de nosotros no había hecho nada, éramos completamente inocentes. Nuestros únicos delitos consistían en compartir una raza que no habíamos elegido y una religión que yo ni siquiera practicaba.

Había logrado la estabilidad gracias al trabajo en las oficinas, además del escape que me proporcionaba la música. Ensayábamos en la planta baja del bloque 24 y teníamos buenos instrumentos. La orquesta de hombres era más numerosa y antigua: llevaba en activo desde mayo de 1942. Tocaba a la entrada de Auschwitz y para los nazis era la demostración de lo que podían hacer con sus mascotas amaestradas. También era una forma de marcar el paso de los trabajadores cuando marchaban de ida o de regreso a las fábricas. Maria Mandl contó con Katya y conmigo para formar la orquesta; nos habíamos convertido en su mano derecha y su mano izquierda.

—Necesitamos una buena directora, las mejores intérpretes del campo y un lugar para tocar —dijo la alemana, con la expresión de un niño que acaba de recibir un juguete nuevo.

—No será fácil. Al llegar se registran las profesiones, pero la mayoría de la gente prefiere decir que conoce oficios más prácticos —comentó Katya. Todas sabíamos que las profesiones intelectuales eran una especie de condena a muerte anticipada.

Katya creía que la orquesta permitiría ayudar a más mujeres. Las personas que se convertían en imprescindibles eran más difíciles de eliminar. En mi caso, lo que me interesaba era la libertad de movimientos y la posibilidad de recaudar más información para Witold. Henrik Porebski, el electricista del campo de mujeres, me ayudaba como enlace, pero no era suficiente, ya que no podía acceder a todos los campos de Birkenau ni a la ampliación que estaba planeada.

—Creo que una buena candidata para directora sería Zofia Chaikovska. Es familia del gran Chaikovski.

Maria Mandl estaba equivocada. Zofia no era pariente del compositor y más bien me parecía una instrumentista mediocre, pero no me atreví a contradecir a la jefa de las guardianas.

—Tenemos que encontrar más instrumentos —dijo Katya.

—He visto muchos en el almacén de Auschwitz I. Podéis ir esta misma tarde a comprobarlo —nos dijo la guardiana.

Katya y yo estuvimos encantadas de ir al almacén, porque eso nos permitía el acceso ilimitado a una zona del campo normalmente vedada a los presos. Además, Maria dispuso que toda la orquesta fuera trasladada al bloque 12, donde las condiciones de vida eran inmejorables. Yo permanecí en el bloque 4, pero ahora me proporcionaban más comida y recursos.

Cuando entramos en el amplio almacén, nos quedamos boquiabiertas. Estaba repleto de los objetos más extraños. Era increíble lo que la gente había traído en los terribles viajes en los vagones de ganado. Los alemanes, que solían ser muy organizados, tenían las cosas divididas por secciones. Pasamos por centenares de juguetes de todos los tipos, como coches de hojalata, caballitos, muñecas, peluches de la mayor variedad de colores, además de peonzas, tirachinas, balones y otros trastos. Las dos nos miramos horrorizadas: detrás de cada uno de aquellos objetos se escondía la historia de un niño que había perdido la vida en el campo.

Cuando llegamos a la zona de los instrumentos, nos dimos cuenta de que la orquesta de hombres ya había escogido los mejores, pero encontramos algunos en buen estado. Yo tomé una mandolina preciosa; la mía estaba algo ajada. Llevamos todos los instrumentos al bloque 12.

—Tengo una idea —le comenté a Katya.

—Me dan pavor tus ideas —bromeó mi amiga.

Desde la llegada de Mengele, la situación en los hospitales del campo había empeorado. Era cada vez más habitual que enviaran a los enfermos a las cámaras de gas.

Nos dirigimos a la enfermería y rescatamos a un pequeño grupo de mujeres. Muchas eran poco más que un esqueleto, pero las usaríamos para hacer las copias de las partituras. Cada vez que salvaba a alguien de una muerte segura, sentía que al menos estaba haciendo algo bueno en aquel pozo de podredumbre.

Comenzaron los ensayos y Zofia hacía todo lo que estaba en su mano, pero no salía nada armonioso de la orquesta.

Llevaba varios días sin ver a David y comenzaba a desesperarme, pero el trabajo de organizar la orquesta me tenía muy ocupada. Al menos podíamos seguir mandándonos notas.

Justo aquel día recibí una de las más bellas, que David abría con una cita del Cantar de los Cantares.

> ¡Cuán bella eres, amada mía!
> ¡Cuán bella eres!
> Tus dos ojos, tras el velo, son como palomas.
> Tus cabellos son como los rebaños de cabras
> que descienden de los montes de Galaad.
> Tus dientes son como rebaños de ovejas
>   recién trasquiladas,
> que ascienden después de haber sido bañadas.
> Cada una de ellas tiene gemelas,
> ninguna de ellas está sola.
> Tus labios son cual cinta carmesí;
> tu boca es hermosa.
> Tus mejillas, tras el velo,
> parecen dos mitades de granadas.
> Tu cuello se asemeja a la torre de David
> construida con piedras labradas;
> de ella penden mil escudos,
> escudos de guerreros todos ellos.
> Tus pechos parecen dos cervatillos,
> dos crías mellizas de gacela
> que pastan entre azucenas.

Antes de que el día despunte
y se desvanezcan las sombras,
subiré a la montaña de la mirra,
a la colina del incienso.
Toda tú eres bella, amada mía;
*no hay en ti defecto alguno.**

Aquellas palabras me recordaron a nuestra segunda noche juntos. Habíamos superado el susto del encuentro con Mengele y la primera noche de besos y roces. Yo quería llegar más lejos, pero no sabía si David estaba preparado, era demasiado joven. No es que yo tuviera mucha experiencia. Había hecho el amor una sola vez con mi novio, pero había sido algo rápido, un acto en el que apenas había sentido nada.

Aquel encuentro fue diferente. Nuestros cuerpos sudorosos se fueron descubriendo lentamente, buscando arrancar, como si de unos instrumentos musicales se tratara, una melodía y algo de belleza en el otro. Me fascinó su cuerpo musculoso. Ya no estaba tan delgado y sus cicatrices me parecieron como pequeñas joyas, recuerdos de una vida llena de sufrimientos. Nunca he sentido nada igual; hasta aquel día no había comprendido que el sexo es una especie de rebelión contra la muerte. No solo permite la procreación, es también la mayor expresión de la vida.

Una mañana llegó a la oficina un hombre con el pelo peinado hacia un lado, gafas redondas y cara de empollón. Tenía la voz afeminada y una sonrisa de labios finos. Le

* Cantar de los Cantares 4:1-7. Nueva Versión Internacional.

había dado permiso para experimentar en el campo el mismísimo Himmler y requería nuestra ayuda.

—Señoritas —nos dijo con una amabilidad poco común en Auschwitz, donde no éramos nada más que números—, soy el doctor Carl Clauberg y me han asignado el bloque 10 para realizar algunas investigaciones. Necesito mujeres voluntarias para unos experimentos. Además de su contribución a la ciencia, las presas dormirán en una cama limpia, tendrán buena comida y se las cuidará.

Aquellos ojos pequeños y miopes no eran tan arrogantes como los del doctor Mengele, pero me causaban la misma sensación de angustia. El doctor Mengele había abierto su laboratorio en el campo gitano y utilizaba a niños gitanos como cobayas y a la buena de Helene Hannemann como su cuidadora. El doctor Clauberg quería hacer otro tanto con las mujeres.

—Sí, herr *Doktor* —le contesté.

En cuanto nos quedamos a solas, Katya y yo comentamos la visita del médico.

—Está pidiendo voluntarias. No podemos impedir que nadie vaya, pero debemos intentar que solo acudan mujeres que estén muy enfermas —propuso Katya—. Tal vez así tengan la oportunidad de revivir.

La idea me pareció bien. Clauberg era especialista en fertilidad, por lo que imaginábamos sobre qué iban a ser los experimentos.

Una semana más tarde, ya estaba instalado y tenía a más de una docena de mujeres dispuestas a colaborar. Las ventanas del edificio estaban tapadas. Unas daban al patio con el bloque 11, donde se hacían los fusilamientos, pero el médico, además, quería impedir que las mujeres tuvieran contacto con el mundo exterior.

Una mañana, David me escribió una nota urgente. Se había enterado de que una amiga suya estaba viva; una tal Sara Lewin, que había actuado con él en un teatro. Intenté sacarla de la sección en la que estaba destinada, una de las más duras, que se encargaba de arreglar los caminos y no recibía demasiado aporte alimenticio.

Ahora me había enterado de que se había presentado como voluntaria a los experimentos, pero apenas podía hacer nada al respecto.

David dejó la Sauna y, con un permiso especial, pidió autorización para visitar Auschwitz I con la excusa de llevar ropa para el bloque 10.

Nos encontramos cerca del edificio. No podíamos tocarnos, ni siquiera acercarnos demasiado.

—¿Te has vuelto loco? Si alguno de los comandantes te ve por aquí, puede que te envíe a las cámaras de gas.

—Mi amiga está en el bloque 10.

—Ella lo ha elegido.

—Pero ya sabes lo que está pasando en ese bloque. Ese médico sádico opera sin anestesia a las mujeres para quitarles el útero y los ovarios, o los quema con rayos X. Es un sádico y un asesino.

David parecía muy compungido. No era para menos.

—No podemos hacer nada.

—Siempre se puede hacer alguna cosa. Katya y tu podéis poner o quitar a casi cualquier persona de una lista o pedir un traslado. Los comandantes confían en vosotras.

—Lo que me pides es muy peligroso: para ella y para mí.

Estaba comenzando a sentirme un poco celosa, no me gustaba que se preocupara tanto por aquella joven. Me había enterado de que, mientras actuaban juntos en sus conciertos, estuvieron a punto de iniciar una relación. Me preguntaba si aún sentía algo por ella. Al fin y al cabo, yo era casi una completa desconocida para él.

—¿Qué te sucede? Hace unos días le salvaste la vida y ahora pareces dispuesta a dejar que muera —me dijo—. ¿No estarás celosa? Sabes que eres la única mujer de mi vida.

—Está bien, intentaré sacarla del bloque 10.

—¿Te espero esta noche en la Sauna?

—Vale, pero vete inmediatamente de aquí.

Apenas me había quedado sola cuando noté una presencia detrás.

—¿Quién era ese chico? —me preguntó Maria Mandl.

Siempre era rápida contestando, pero esa vez me quedé casi sin habla.

—Alguien que conocí hace años, de mi ciudad...

—Está bien, regresa a tu trabajo.

En cuanto llegué a la oficina, cursé una orden para el traslado de Sara Lewin. El comandante Müller la firmó sin ponerme ninguna traba. En la petición, la reclamaba para la orquesta. Aunque no estaba segura de si sabía tocar algún instrumento, era una cantante consumada.

Me dirigí al bloque 10. Le mostré la orden al guardia que estaba en la entrada. Una compañera francesa, Alice, me acompañó a la sala de espera.

—Esto no le va a gustar al doctor —me advirtió, pero su expresión casi me asustó más que sus palabras.

El doctor Clauberg no tardó en aparecer con aquel aspecto ratonil. Su rostro era tan vulgar que nadie se hubiera fijado en él, pero su pertenencia a las SS le otorgaba poderes de semidiós.

—¡Esto es inadmisible! Esa joven lleva varios días bajo tratamiento, no puedo interrumpir ahora el experimento.

—La joven es vital para la orquesta, herr *Doktor*.

—¿Una orquesta aquí? Qué idea tan ridícula.

—Son las órdenes que tengo —le comenté mientras le entregaba el papel firmado por el comandante.

—¿Un comandante? Yo tengo la autorización del mismísimo Himmler. A lo mejor usted quiere ocupar el puesto de la joven —me dijo mirándome fijamente a los ojos.

Aquel comentario me heló la sangre. Me arrepentí de estar allí, pero sabía que por amor una es capaz de hacer las cosas más increíbles, incluso poner su vida en peligro.

15

DAVID

Birkenau, julio de 1943

Una de las mejores y peores cosas que podía pasarte en Auschwitz era que te encontrases con alguien del pasado. No se sentía la misma alegría y sorpresa que al ver a un viejo amigo en una estación de tren. Estar en Auschwitz significaba que estabas vivo, aunque no por mucho tiempo. Además, todos teníamos la certeza de que los mejores eran los primeros en caer. Las personas generosas, sacrificadas, altruistas o piadosas no duraban mucho tiempo con vida. Había que tener un fuerte instinto de supervivencia para lograr pasar un día más en el campo.

Entre un grupo de mujeres polacas que los guardias llevaban cerca de la alambrada, me pareció identificar a una vieja amiga, Sara Lewin, con la que había hecho duetos en varias ocasiones. El aspecto que todos teníamos en el campo era tan demacrado que a veces resultaba difícil reconocer a la persona debajo de todo aquel sufrimiento que parecíamos arrastrar.

—¡Sara, soy yo, tu cuñado! —le grité. Aquel era el papel que habíamos interpretado juntos y así sabría si se trataba realmente de ella.

No pareció reaccionar, como si la vida en Auschwitz ya hubiera destruido casi todos sus sentidos. La llamé de nuevo, pero uno de los soldados se volvió hacia mí con cara de pocos amigos.

Ella me miró y en sus ojos reconocí a la hermosa joven de la que una vez estuve enamorado, aunque entonces era demasiado altiva para fijarse en mí.

—¡Cuñado! —gritó. Era ella, ya no cabía la menor duda.

Entré en la Sauna algo más contento, rebusqué en mi escondite y me comí un trozo de salchicha, algo seca, pero que me supo deliciosa. Una de las cosas que tenía el campo era que todo te sabía bien, ya que nunca dejabas de tener hambre y de soñar con comida.

Unos días más tarde, le pedí a Zippi que cambiase a Sara de comando. Lo consiguió, pero no había disponible ningún muy buen puesto. En el verano moría menos gente y las vacantes eran escasas. Justo unas semanas después, me enteré de que se había presentado voluntaria a los experimentos del médico del bloque 10. La gente era capaz de cualquier cosa para intentar sobrevivir.

Los alemanes habían enfurecido en los últimos meses. El gueto de Varsovia se levantó en armas y resistió casi un mes. Les había molestado mucho no poder matarnos como a ratas indefensas y parecían algo amedrentados, como si esperasen alguna rebelión en el campo. Himmler ordenó que se cerrasen todos los guetos; por eso, Auschwitz había funcionado a plena máquina en las últimas semanas: llegaban judíos de casi todas las partes de Polonia. Se estaba acelerando la masacre de nuestro pueblo.

Aquel día, después de hablar con Zippi, me di cuenta de cuánto la echaba de menos. Era cierto que había fantaseado un poco con mi vieja amiga Sara, pero, mientras que lo de ella era una especie de ensoñación, Zippi era amor y carne, pasión y ternura. Tenía la sensación de que había encontrado a mi alma gemela.

La esperé con impaciencia aquella noche, pero no apareció. Me quedé preocupado y le hice llegar una nota. No recibí respuesta y aquello me inquietó aún más. Escribí a su amiga Katya. Temía que le hubiera podido suceder algo malo en el bloque 10. Después del bloque 11, se había convertido en el más peligroso del campo. Zippi podía correr un gran riesgo.

16

ZIPPI

Auschwitz, julio de 1943

Me arrepentí de haber querido ayudar a esa niñata que se había ofrecido voluntaria para un experimento. En las últimas semanas habían pasado por el bloque 10 varias decenas de mujeres. Después de extirparles los ovarios de las formas más crueles, las devolvían a los peores trabajos; las más enfermas eran enviadas directamente a las cámaras de gas. ¿Cómo era posible que se hubiera puesto en manos de un tipo así?

—Tengo que llevarme a la prisionera —insistí.

Carl Clauberg me agarró del brazo y me contestó:

—No se la daré y usted se quedará aquí como voluntaria.

Intenté soltarme, pero el médico tenía más fuerza de lo que parecía. En la sala contigua, dos de sus ayudantes me llevaron por la fuerza a una mesa de ginecología.

—¡Déjenme! —grité con angustia. No sabía cuánto tiempo había pasado, pero estaba desesperada.

—Es un buen espécimen —dijo Clauberg a sus ayudantes—, puede que dé buenos resultados. Llévensela a una de las habitaciones de aislamiento.

Me arrastraron hasta la planta superior y me arrojaron a un cuarto sin ventanas. Pensé que alguien me sacaría de allí. Me creía valiosa para el campo, pero en el fondo no dejaba de ser un número.

Después de varias horas, me quedé dormida hasta que unas voces me despertaron. Reconocí con claridad el acento austriaco de Maria Mandl.

—Herr *Doktor*, entiendo su enfado, pero Zippi es una prisionera muy útil para el campo.

—Es una sucia judía —le contestó.

—Varios de los comandantes aprecian su trabajo y el experimento puede realizarlo con decenas de mujeres. Tienen ovarios sanos y fértiles. Mañana mismo le traeré cien, si es necesario. Sé que últimamente le está costando encontrar voluntarias.

—No es eso. He invertido mucho tiempo y esfuerzo en la otra prisionera y no puedo perderla.

—Haremos una cosa —dijo la guardiana—: dejará que se marchen Zippi y otra prisionera, una violinista que necesito para mi orquesta. Alma Rosé.

—¿Quiere llevarse a otra más? Así no puedo avanzar, me hará perder varios días de trabajo.

—Se lo pido como un favor personal. Nuestros líderes se encuentran muy lejos de aquí y, si hay buena actitud, pueden acelerarse las cosas. Pero si es mala, todo será más difícil para usted.

El doctor entendió la amenaza. Aquella mujer era muy poderosa en Auschwitz y era mejor tenerla de su lado.

—Está bien, pero quiero carne fresca mañana mismo.

—Así se hará —contestó la austriaca.

Un soldado abrió de inmediato la puerta y la luz del pasillo me cegó por unos momentos.

—Fuera, zorra judía. Solo me causáis problemas —le dijo Maria con desprecio.

Me empujó escaleras abajo. Después trajeron a Alma Rosé, y las tres salimos del barracón cuando ya era noche cerrada. Dejamos a Alma en el bloque 12 y Maria me acompañó hasta el bloque 4.

—No vuelvas a cometer una tontería así. Si necesitas a alguien para la orquesta, me lo pides a mí. Katya me avisó de lo que pasaba. Lo pensé dos veces antes de ir a por ti, pero Alma Rosé es muy valiosa. Su padre era uno de los mejores violinistas de la Filarmónica de Viena y su tío es Gustav Mahler, ni más ni menos.

Al día siguiente estaba algo mejor, aunque aún tenía el miedo en el cuerpo. Me presenté en el bloque 12. Katya me había pedido que ayudara a Alma Rosé. Había llegado hacía tan solo unos días al campo: estaba aterrorizada y no entendía qué hacía allí. A pesar de haber renunciado hacía tiempo al judaísmo y estar casada con un cristiano, los nazis la habían enviado a Auschwitz.

Aquella mujer había sido una de las solistas más famosas de Europa, y ahora la tenía ahí delante, con un uniforme horrible y sucio de soldado soviético. En su cara se reflejaban el miedo y la desesperación.

—Queremos que dirijas una orquesta de mujeres —le dije, sin más.

La mujer abrió los ojos, como si no le estuviera hablando en su alemán natal.

—No entiendo nada. Magda me ayudó todo lo que pudo en el bloque 10. Me entregó un violín y eso ayudó a que tu amiga supiera quién soy. La música me ha salvado la vida muchas veces, pero me estás pidiendo que dirija una orquesta en este infierno... —Los grandes ojos negros de la mujer no habían perdido su fuerza.

—Tienes razón, este lugar en un infierno. Pero mientras los tengamos contentos, ellos nos mantendrán con vida; cuando acabe la guerra, ya veremos qué pasa. Tenemos instrumentos y a las mejores intérpretes de todo el campamento. La música proporcionará un poco de paz a los prisioneros y amansará a esas fieras diabólicas.

Unos días después, tocamos todas por primera vez. No tenía nada que ver con aquel intento de orquesta de unos meses antes. El grupo era tan profesional que podría haber actuado en los mejores teatros de Europa. Amanecía, era un día cálido de verano. Unas presas habían colocado los atriles en la plataforma y, cuando todos los comandos se disponían a salir hacia sus trabajos, la música inundó aquel sitio inmundo y lo transformó en un lugar mejor. Tocamos marchas militares alemanas, pero también piezas de Schubert, Bach y hasta de compositores judíos. Parecía que la música era el único espacio en el que las razas no importaban y todos volvíamos a ser hermanos de nuevo.

El comandante Rudolf Höss nos pidió un concierto privado en los jardines de su residencia. Su esposa era Hedwig Hensel y tenían cuatro hijos, con un quinto en camino. Eran la viva imagen del ideal de la raza aria, con sus trenzas rubias las dos niñas y el pelo corto los dos varones. Yo nunca había estado en el jardín del comandante, pero en cuanto entramos me pareció el paraíso. Lleno de flores por todos lados, solo se escuchaban los arrullos de los pájaros, si uno era capaz de hacer oídos sordos a los ocasionales tiros de los rifles cuando fusilaban a alguien o al gemido ahogado de los miles de personas sacrificadas cada día en el altar de aquella sinrazón.

Las sirvientas, muchas de ellas testigos de Jehová, habían dispuesto las sillas como las de un teatro. Colocamos los instrumentos y las mujeres nos trajeron vasos con limonada fría y unos pasteles. A algunas de mis amigas se les saltaban las lágrimas. Media hora más tarde estábamos listas para el concierto.

Höss estaba en primera fila, con su esposa y sus suegros. Yo había escuchado que su padre era muy religioso y no aprobaba el trabajo del hijo. Los niños estaban sentados a los pies de aquel hombre, que les acariciaba el pelo rubio. Parecían una familia feliz.

Aquella noche se nos hizo a todos mágica, como si al otro lado de aquel muro no estuviera el mayor centro de muerte que el hombre había conocido. Mientras la música intentaba sanar nuestras almas, sentí un profundo dolor en el corazón por todos los que había perdido. Aquel hombre tenía derecho a una familia y a ser feliz, pero nosotros éramos simplemente sus juguetes de usar y tirar, peor tratados que sus cuidados perros de caza.

Alguna vez lo había visto trotar en su caballo blanco y me había preguntado cómo puede vivir alguien así con la conciencia tranquila. La mente fanática no ve la realidad, se limita a observar el mundo a través de los ojos de sus profetas, de sus líderes, que siembran su mensaje de miedo y de odio hasta destruir la conciencia, la única guía moral que tenemos los seres humanos.

Al regresar del concierto, me sentía vacía, como si hubiera derramado mi alma en aquel jardín de hierba impoluta y rosas rojas. Me dirigí a Birkenau con la esperanza de encontrarme con David.

—Te espero cada noche —me dijo al verme.

Me rodeó con sus brazos y nos quedamos algo más de una hora así, abrazados y sin hablar, llorando y sintiendo, dejando que drenase el alma, porque sabía que lo único que me convertía en persona era precisamente mi capacidad de amar y de sentir.

Aquella noche no hicimos el amor, pero sentimos el amor. A veces, en la búsqueda del placer nos dejamos la mejor parte del amor, que es el puro sentimiento, donde sobran las palabras y tan solo se necesita un hombro en el que recostarte.

17

DAVID

Birkenau, agosto de 1943

La orquesta de mujeres fue todo un éxito. Los nazis vieron en las actuaciones una forma de relajar la tensión constante que existía en el campo. Hasta Mengele, siempre obsesionado en avanzar en sus trabajos para demostrar al mundo y a su suegro que no era un mediocre, como casi todos los que se unían a las filas de las SS, hacía pausas para ver bailar al son de la orquesta a Edith Eger, una de las mejores gimnastas húngaras, que fue retirada del equipo olímpico por ser judía. De alguna manera, la música ocultaba el olor insoportable a carne quemada y muerte que era el campo.

Una de esas tardes en la Sauna, llegó un nuevo prisionero, un viejo profesor eslovaco. Lo primero que me extrañó fue su edad. Lo habitual era que los nazis terminasen con todas las personas mayores, ya que pensaban que no rendirían bien en el trabajo, pero además, por lo que me contó, se trataba de un antiguo profesor de universidad y escritor. Se llamaba József Pérez y su familia descendía de judíos sefardíes.

—Pareces un buen chico, Dawid. Deberías estar en

una escuela de canto o llenando teatros en Viena o en París, incluso en Berlín. Te he escuchado cantar y tienes una voz prodigiosa. En cambio, te encuentras en este lugar, como yo ahora. La última clase que di en Bratislava fue sobre la belleza de las palabras. ¿Te lo puedes creer? Ahora estoy aquí, aunque debería estar muerto, y las únicas palabras bellas que logro contemplar son las que salen de las óperas que interpreta Alma Rosé, aunque no sea más que una *kapo*, como los otros que dirigen Auschwitz.

Fruncí el ceño. No estaba de acuerdo con el viejo profesor.

—Ya sé que tú no lo percibes así y piensas que estoy juzgando con dureza a esa pobre mujer. Nada más lejos de mi intención. Alma simplemente está sirviendo al sistema como tú y como yo. Deja que te explique.

El hombre se percató de que no había nadie vigilando y dejó de colocar paquetes de ropa.

—Imagino que llegaste aquí en tren, como la mayoría. Desde otro punto de Polonia, serían uno o dos días de viaje, a lo sumo; desde mi ciudad, fueron tres. Peor lo pasaron los griegos o los franceses, pero el proceso es igual para todos. Al segundo día de estar en el tren, cuando el hedor era ya insoportable y acumulábamos varios muertos en el fondo de nuestro vagón, nos detuvimos junto a un prado. Nos dejaron bajar y que hiciéramos nuestras necesidades. Aquellas mujeres y niñas que unas horas antes, en sus casas, soñaban con el amor de su vida o guardaban en la alacena la vajilla de los domingos, se agachaban entonces en aquella explanada y en cuclillas intentaban hacer sus necesidades rodeadas de extraños. Los hombres, que antaño fueron fuertes y jamás hubieran permitido que nada malo sucediera a sus familias, eran meras marionetas en manos de los soldados, un grupo de animales salvajes con uniformes verdosos. Los nazis habían conseguido su propósito: convertirnos en meros animales.

József tomó una buena bocanada de aire y la soltó con calma. Me miró con tristeza a los ojos y continuó con su explicación:

—Cuando llegamos aquí, nos separaron. Los más fuertes fueron elegidos para transformarse en un gran ejército de parias. ¿Sabes quiénes son los parias? Las castas inferiores de la India, sin derechos y cuya única razón de existir es servir a sus amos. Los nazis han creado un sistema perfecto. Ellos, los alemanes, nos observan desde el otro lado de las alambradas; dentro han creado un sistema simple de castigo y recompensa. Han hecho que las víctimas nos convirtamos en nuestros propios verdugos. Unos trabajan en los registros, y en sus manos está la vida o la muerte del resto; otros son los encargados de los comandos de trabajo, los jefes de bloque o los *kapos* que mantienen el orden. Con un puñado de soldados son capaces de controlar a miles de hombres y mujeres. Por medio de ciertos premios, como una cama mejor, algo más de comida o el embriagante aroma del poder sobre la vida de los demás, nosotros les hacemos el trabajo sucio. Yo sigo vivo porque soy eslovaco, y varias de las personas que trabajan en la oficina también lo son. Uno fue alumno mío y me salvó de morir en las cámaras, pero todavía me pregunto si no hubiera sido mejor sucumbir.

—Debemos sobrevivir para que el mundo sepa —le contesté, algo molesto por sus palabras, sobre todo porque sentía que eran la pura verdad.

—Qué fina es la línea que nos separa de ser víctimas o verdugos. Todos los sistemas se aprovechan de esto, el nazi no es el primero. Pero sin duda es el que lo ha hecho de una forma más brutal y descarada, si dejamos de lado el caso de la Unión Soviética.

Las palabras del viejo profesor me dejaron pensativo, pero yo solo tenía en la cabeza el amor y no perder la esperanza, que era precisamente lo que deseaban arrebatarnos los nazis. A mí no me habían convertido en un animal: aún era capaz de amar, de apreciar la belleza y de distinguir el bien del mal. Ellos habían perdido esas habilidades que nos hacen humanos; en el camino de su ideología se habían deshumanizado y transformado en algo mucho peor que bestias. Los animales no son sádicos ni hacen nada malo por el puro placer de hacerlo, solo buscan saciar su hambre o su sed. La de los nazis no podía ser saciada, porque la que estaba sedienta era su alma, y tampoco podían alimentarla con el odio y la maldad. Cuantos más horrores cometían, más se alejaban de la paz de sus almas.

Durante varios meses, Zippi y yo seguimos viéndonos a escondidas. El verano pasó veloz, se acercaba la Navidad y se rumoreaba que los nazis querían construir una Sauna aún mayor. Un edificio que pudiera absorber la llegada masiva de los judíos de toda Europa. Aquel era nuestro nido de amor; no sabíamos qué iba a ocurrir, pero creíamos que una vez más lograríamos superar todos los obstáculos.

—Estas muy pensativo esta noche —me dijo Zippi mientras se giraba hacia mí.

Percibíamos cada día como una especie de regalo. Aunque temíamos lo que podía suceder al día siguiente, intentábamos imaginar que pronto acabaría la guerra.

—Me pregunto por qué nosotros sobrevivimos mientras que millones de personas mueren a nuestro lado. Toda esta ropa... No puedo dejar de pensarlo, es de gente que ha desaparecido para siempre. ¿Somos nosotros mejores que ellos?

Zippi me acarició el rostro con sus manos tersas y suaves, aunque el uso constante de la mandolina ya le había creado los primeros callos.

—No somos mejores ni peores, o tal vez sí, pero seguimos vivos porque hemos logrado engañar al sistema.

—¿Estás segura? ¿No será que estamos siendo utilizados por él?

Zippi era la persona más pragmática que conocía, pero se quedó en silencio más tiempo del razonable. Solo podía significar que tenía sus dudas.

—Los nazis piensan que los más fuertes sobreviven y los débiles sucumben. Por eso odian tanto al cristianismo y al judaísmo, porque el Dios de nuestros padres protegía a los débiles. Cuando nuestro pueblo fue esclavizado en Egipto y después en Babilonia, los malvados exterminaron a todos los débiles y se quedaron con los jóvenes. En la corte de Nabucodonosor, Daniel y sus amigos fueron tratados como los otros funcionarios; los babilonios pensaron que, si les daban su comida y les enseñaban su lengua, se convertirían en babilonios, pero no lo hicieron. Por eso nos odian los nazis: siempre seremos judíos y ellos lo saben. Nos temen, nos detestan y nos admiran al mismo tiempo. Solo se destruye al que sabes que puede hacerte sombra. Tenemos que sobrevivir para demostrar que nuestro pueblo, una vez más, saldrá del horno de fuego que han creado los nazis para destruirnos.

Las palabras de Zippi no me consolaron, pero me proporcionaron un propósito más elevado que el propio instinto de supervivencia. Los seres humanos no nos representamos a nosotros mismos. En el fondo somos el resultado de todas las generaciones que nos precedieron y debemos transmitir ese mismo legado a las generaciones venideras. Esa era la razón por la que estábamos vivos y no debíamos rendirnos jamás.

18

ZIPPI

Auschwitz, diciembre de 1943

No había vivido todas las Navidades desde que existía el campo. Sabía que era una de las celebraciones que más amaban los nazis, aunque le habían quitado el simbolismo cristiano. En mi familia, en la que no practicábamos el judaísmo, mis padres nos traían regalos por San Nicolás, pero jamás nos explicaron su significado. Algunas de las mujeres que llevaban presas desde 1940 me habían contado que la primera Navidad en Auschwitz fue la peor de todas. El 24 de diciembre, los nazis colocaron un gran árbol de Navidad con bombillas en el patio de recuento; después, mientras se pasaba lista, depositaron a sus pies los cuerpos de los que habían muerto trabajando, y así cada mañana con todos los que murieron los días siguientes. El *Lagerführer* Karl Fritzsch dijo a los prisioneros que aquel era un regalo para los vivos y no permitió que la gente cantase villancicos.

En la Navidad de 1941, los nazis cometieron la matanza de unos trescientos soldados soviéticos como una ofrenda especial a los demonios a los que servían. A continuación, en forma de burla, leyeron la encíclica del papa Pío XII sobre la Navidad; cuarenta y dos prisioneros murieron congelados aquel día. A pesar de todo, en muchos bloques se cantaron villancicos para no perder la esperanza.

Las cosas no mejoraron en 1942, cuando los nazis exterminaron a la mayoría de los presos del bloque 18, después de hacerles recoger tierra con los abrigos. También dejaron los cuerpos debajo del árbol de Navidad. Por todo aquello, las Navidades las temíamos más que las deseábamos, pero la inesperada llegada del comandante Arthur Liebehenschel cambió las cosas en 1943.

El nuevo comandante había nacido en Poznan, una pequeña ciudad del Imperio alemán cuya población era de mayoría polaca. Menos corrupto que Höss, tenía una mente más organizada y lo único que buscaba era una mayor productividad en el campo. Eliminó el castigo en celdas como las del bloque 11 y no permitió la selección periódica de prisioneros productivos para las cámaras de gas. Alemania necesitaba mano de obra esclava y no podía permitirse la orgía de muerte de los años anteriores. Al menos eso es lo que me explicó Katya, que lo conoció un poco más en profundidad.

Liebehenschel frenó la violencia gratuita y cada muerte debía ser justificada. Por eso se permitió celebrar la Navidad y se facilitó el reparto de paquetes que llegaban a algunas personas de sus familiares.

Aquella tarde, a pocos días de la Navidad, Maria Mandl reunió a toda la orquesta. Quería presentarnos una idea, aunque en el fondo todas sabíamos que era una orden.

—El nuevo comandante es un amante de la Navidad

y queremos complacerlo. En el campo gitano, Helene Hannemann ha preparado una fiesta con los niños, pero no vamos a meter en ese nido de ratas al comandante. En el comedor para alemanes de Auschwitz, celebraremos una pequeña fiesta con música. Si conocéis voces masculinas, serían un gran aporte; me encanta el contraste entre las sopranos y los tenores. Podéis pedir lo que queráis, pero todo debe salir a la perfección.

En cuanto se marchó la sanguinaria jefa de las guardianas, nos miramos unas a otras.

—Al menos nos darán una cena navideña —comentó Ana, nuestra mejor violonchelista.

—¿Alguien sabe los gustos musicales del nuevo comandante?

—Richard Wagner —bromeé y todas se echaron a reír.

El espíritu entre muchos prisioneros era de optimismo. La mayoría pensaba que 1944 sería el último año de la guerra. Los italianos se habían rendido y los aliados estaban tomando Italia, los rusos avanzaban en Ucrania, y Berlín llevaba todo el otoño recibiendo bombardeos casi a diario. Cientos de miles de jóvenes alemanes habían muerto en el frente y, en cada casa, una madre, una esposa o una abuela lloraban su muerte. No es que me alegrase el sufrimiento de nadie, pero sabía que el dolor podía ser más convincente que la razón para detener aquella maldita masacre.

—Yo tengo al candidato perfecto para cantar —dije a mis compañeras. Katya me miró y se sonrió.

—¿No será Dawid Wisnia? —me preguntó mi amiga, aunque conocía perfectamente la respuesta.

—El mismo.

—De paso, podrás verlo más, gracias a los ensayos.

Todas se echaron a reír de nuevo. La construcción de

la nueva Sauna estaba impidiendo que nos viéramos tan a menudo.

Por la tarde, cuando el salón comedor ya estaba vacío, comenzamos los primeros ensayos. No sabíamos qué villancicos cantar, pero mi querido David nos hizo una propuesta.

—Podríamos interpretar «Dios ha nacido, los poderes tiemblan».

Todos lo miramos sorprendidas.

—¿No será demasiado obvio...? —comentó Alma, que no quería perder su posición de favor en el campo.

—Es Navidad y se trata de uno de los villancicos más conocidos de Polonia —contestó Katya. Al decirlo ella, la cuestión quedó zanjada.

David y yo logramos reunirnos a solas unos momentos en el cuarto de la despensa. Después de besarnos, le pregunté:

—¿Cómo van las obras de la nueva Sauna?

—Muy lentas, el frío no ayuda: el cemento se congela y el agua también. Tienen previsto que se termine en febrero.

—¿En febrero? —protesté, algo decepcionada. El invierno era siempre largo y duro en Auschwitz, y lo sería aún más si no podía estar cerca de David.

—Lo superaremos —dijo para tranquilizarme un poco.

Nos volvimos a besar y, cuando salimos del cuarto, las chicas nos miraron con envidia; algunas tal vez con demasiada.

El 24 de diciembre estábamos todas muy nerviosas. Algunas prisioneras habían adornado la sala e incluso teníamos nuestro árbol de Navidad con sus velas. Debajo había regalos ficticios hermosamente adornados. En las bandejas para los alemanes se desplegaba una gran variedad de delicias navideñas, y los SS se habían vestido con sus uniformes de gala. Maria Mandl nos reunió a todas en una sala cercana y nos dio un breve discurso.

—Hemos querido celebrar esta Navidad y contar con vosotras, no nos defraudéis. No penséis que el nuevo comandante es blando, tan solo es más eficaz y práctico. Os hemos demostrado que, si colaboráis, no os pasará nada, pero no os confiéis, nadie es imprescindible. Sed buenas chicas y hacednos pasar un buen rato —dijo la guardiana, vestida de sus mejores galas, aunque su expresión fiera no había cambiado.

Nos colocamos en nuestros puestos. Todos los invitados eran alemanes. Los únicos presos que había en la sala eran los camareros y la orquesta; en la cocina, buena parte de los cocineros eran prisioneros.

David estaba guapísimo con un precioso esmoquin que le habían prestado para la función. Nunca lo había visto tan bien vestido. Nosotras llevábamos trajes de gala.

Comenzamos a tocar varios villancicos tradicionales alemanes, que algunos soldados y oficiales se animaron a tararear con nosotras. Sus rostros fieros y crueles se transformaron por unos instantes, como si de alguna manera todo aquello les recordara sus Navidades pasadas. El comandante era uno de los que cantaban con más fervor. Me hubiera gustado pensar que aquellas hermosas melodías tenían la capacidad de cambiar el corazón de los hombres, pero era consciente de que en el fondo no era posible.

David cantó un par de solos y, como colofón de la

actuación, él y nuestra soprano interpretaron el villancico polaco. En cuanto se escucharon los primeros compases, todos los camareros se pararon en seco y se quedaron mirando al escenario. Les brillaban los ojos por la emoción. Yo recordé a mi familia, la misma que había sido asesinada por hombres como los que teníamos delante, pero tuve que tragarme mis lágrimas.

La voz de David nos elevó a todos en aquella noche de Navidad.

> *Dios ha nacido, los poderes tiemblan,*
> *¡Señor del cielo desnudo!*
> *El fuego se solidifica, el brillo espanta*
>   *la oscuridad.*
> *El infinito es abarcado.*
> *Fue despreciado, estaba revestido de gloria.*
> *¡Rey mortal de las edades!*
> *Y el Verbo se hizo carne*
> *y habitó entre nosotros.*
> *¿Quién tiene el cielo en la tierra?*
> *Dios abandonó su felicidad allá,*
> *ingresó entre el amado pueblo,*
> *compartiendo con él las dificultades y fatigas.*
> *Bastantes sufrieron bastante,*
> *los pecadores eran culpables*
> *y el Verbo nació en un cobertizo miserable.*
> *¡Un pesebre como cuna tiene!*
> *¿Qué es eso que lo rodea?*
> *Ganado, pastores y heno.*
> *¡Los pobres vienen a saludarlo antes*
>   *que los ricos!*
> *Una palabra y los reyes se arrodillan*
> *entre la simplicidad,*

llevan regalos al Señor.
Mirra, incienso y oro, juntos mezclados.
¡Levanta la mano, Niño divino,
  bendice la patria bonita!
En el buen consejo y el bienestar,
danos valor, apóyanos con tu fuerza.
Nuestra casa y posesiones todas son tuyas,
*y todos los pueblos y las ciudades.**

Todas nosotras dejamos los instrumentos y nos pusimos en pie para cantar. Los camareros se nos unieron. Los alemanes nos observaban con una mezcla de temor y admiración. Entonces recordé nuestra Janucá, la Fiesta de las Luminarias, que conmemora cuando, por medio de un milagro, el candelabro del templo de Jerusalén estuvo ocho días encendido con una mínima cantidad de aceite. También rememoré el sacrificio de Hannah y sus siete hijos, torturados y asesinados por el rey Antíoco al negarse a comer cerdo. En el fondo, cantamos aquella noche para que la lámpara de la esperanza no se apagara en nuestros corazones.

* Villancico cantado por los prisioneros de Auschwitz al recordarles los acordes del himno de Polonia y sus ansias de libertad.

19

DAVID

Birkenau, febrero de 1944

En cuanto la nueva Sauna entró en funcionamiento, logramos que nuestros encuentros fueran más seguidos, aunque duraban apenas media hora. Sabíamos que era el intervalo perfecto para que nadie sospechara. Además de la complicidad de Nachtwächter, varios prisioneros se apostaban en diferentes lugares para advertirnos de cualquier peligro.

—A veces recuerdo Varsovia. ¿Has estado allí? —le pregunté a Zippi con el deseo de que amara la ciudad tanto como yo.

—Una vez, con mis padres. Yo era pequeña. Mi madre aún estaba con vida y fue uno de los días más felices que recuerdo.

—Yo iba casi todas las semanas. Para mí era como celebrar una fiesta. Mis padres me llevaban para visitar a unos tíos. La casa siempre estaba en penumbra. Mi tío abuelo había decidido, a los sesenta y cinco años, que había vivido suficiente y se negaba a salir de casa. Su esposa me preparaba unas galletas deliciosas. Ella es quien me enseñó el contraste de los sabores salados y dulces.

Cada vez que como algo salado y me paso después a lo dulce, me acuerdo de ella.

—La mente trabaja de forma extraña —confesó Zippi.

—¿A qué te refieres?

—Es como si seleccionara algunos recuerdos, para clasificarlos, y otros los echara en el olvido sin más. Yo, por ejemplo, tengo muy pocos recuerdos de mi madre. Y eso que aquellos fueron los mejores años de nuestra vida. Cuando mi madre murió, mi padre se apartó de nosotros; imagino que le recordábamos demasiado a ella. Me fui a vivir con mi abuela y durante algunos años nuestra relación fue casi nula. Cuando llegaron mis primeros hermanastros, los odiaba, creía que me habían robado a mi padre. Pero estaba equivocada, quien realmente me lo robó fue la muerte, que es la gran ladrona. Desde la cuna nos observa impaciente por atraparnos; al fin y al cabo, la vida no es más que una forma de escapismo ante el inevitable destino que nos espera a todos.

Las palabras de Zippi estaban llenas de tristeza. Yo prefería pensar que, de alguna manera, volvería a ver a mis seres queridos en el otro mundo. Perderlos para siempre era demasiado angustioso. Por otro lado, la vida me parecía absurda sin la más mínima idea de transcendencia. Muchos se preguntaban en el campo: ¿cómo Dios podía permitir tanto sufrimiento? Y otros cuestionaban que un Dios bueno pudiera pasearse entre las alambradas de Auschwitz. Yo, en cambio, tenía claro que los verdugos eran los verdaderos culpables. Que la falta de Dios en sus corazones es lo que les había empujado a cometer estos crímenes tan atroces.

—Me gustaría oírte cantar —me dijo Zippi, como si intentase disipar mis pensamientos macabros.

—¿Estás segura? ¿No será muy peligroso?

Estábamos encima de toda aquella ropa, encima de aquella montaña artificial de olvido, pero de algún modo mis sentimientos me elevaban y me permitían olvidarme del campo.

—Canta la de «Atardecer a la luz de la luna».

Aquella canción era demasiado alegre para un lugar como aquel. Siempre que la tarareaba me imaginaba a gente bailando y disfrutando de la vida, todo lo contrario a lo que veía a mi alrededor.

—Venga, por favor —me dijo, suplicante.

Entonces no supe resistirme más.

> *Tarde a la luz de la luna,*
> *¿con qué sueña ella en la noche?*
> *Que llegue un príncipe montado*
> *en un corcel blanco como la nieve.*
> *Este sueño es tan maravilloso,*
> *pero despertar es demasiado cruel.*
> *El príncipe se está desvaneciendo,*
> *y su llegada, una danza del desorden.*
> *Sin embargo, qué pequeñas son esas nubes*
> *allá arriba, flotando en el borde del cielo.*
> *Mientras las puedas ver,*
> *la esperanza durará para siempre.*
> *Y también continuará la historia.*
> *Tarde a la luz de la luna,*
> *¿con qué sueña ella en la noche?*
> *Que llegue un príncipe montado*
> *en un corcel blanco como la nieve.*
> *Cien mil Cenicientas,*
> *cien mil zapatos buscando un galán.*
> *El príncipe se esconde de ti*
> *y la dama no puede esperar.*

Quizá encuentre a alguien nuevo.
Tarde a la luz de la luna,
¿con qué sueña ella en la noche?*

Ella cantó conmigo y nos quedamos unos momentos así, como si el mundo a nuestro alrededor no existiera. Éramos tan felices que todo el dolor y el sufrimiento de los últimos meses se disipó de repente, como una tormenta de verano.

Zippi me contó en otra de nuestras citas que había estado en la Casita Blanca, la primera cámara de gas de Birkenau. La experiencia me sobrecogió. Sabía lo que sucedía allí, pero escucharlo de primera mano me dejó sin aliento. Los nazis decían que era la forma más «humana» de terminar con miles de personas que no podían alimentar. Lo que no explicaban era por qué las habían sacado de sus casas y sus países para traerlas a un lugar como Auschwitz.

Unos meses más tarde conocí a Shlomo, un *Sonderkommando* griego de origen italiano. Normalmente, los *Sonderkommandos* estaban aislados y solo salían del campo por la chimenea, cuando cada tres meses los nazis los exterminaban a todos para no dejar testigos de su barbarie.

Shlomo había llegado a Auschwitz con muchos compatriotas de Tesalónica y Atenas. Grecia estaba a punto de liberarse de la opresión alemana, pero los nazis parecían empeñados en asesinar hasta el último judío de Europa, aunque de todas formas perdieran la guerra.

* Canción original húngara: «*Holdvilágos Éjszakán*».

El nuevo comandante había suavizado la represión en el campo y los guardianes parecían olfatear la derrota; ya no eran tan fieros y crueles. Shlomo se acercó a la alambrada para fumar un cigarrillo y, al verme, me ofreció uno. Yo no fumaba, pero se lo acepté y me lo guardé en el bolsillo.

—¿Sabes si alguien puede sacarme de aquí?

—Bueno, tengo contactos, pero es muy difícil que alguien salga de los crematorios.

—Ya me lo han comentado, pero no lo soporto más. Cada día es peor. Esta mañana uno de los alemanes que nos vigilan ha ordenado a un padre que pegase a su hijo, pero se ha negado; entonces se lo ha ordenado al hijo, que también se ha resistido. Ha sacado el arma y, apuntando al padre, le ha dicho al hijo que, si no lo golpeaba en la cara con todas sus fuerzas, lo mataría.

Yo no sabía qué decir. Me limité a quedarme callado.

—Aunque lo más inhumano ha sido luego, cuando he visto a mi tío —prosiguió el muchacho, que era más o menos de mi edad—. Estaba en el vestuario, quitándose la ropa, y me ha llamado. Me ha dado un vuelco el corazón al escuchar su voz. No le he reconocido, era pura piel y huesos: ya no quedaba nada del hombre fuerte que conocí. Me ha suplicado que lo ayudase, que lo metiéramos en mi comando, que lo sacara de allí como fuera. Lo he intentado, pero el alemán me ha contestado que le importaba un pito. Entonces mi tío ha comenzado a hacerme preguntas: quería saber cuánto tiempo se tardaba en morir y si se sufría mucho. Le he entregado unas sardinas en lata y un pedazo de pan. Era lo único que podía hacer por él. Lo he acompañado hasta la puerta y ha sido el último en entrar. Se ha girado y, desnudo como estaba, me ha hecho un gesto con la mano. El alemán ha cerrado la cámara y mis compañeros me han sacado de allí para que me fume un cigarrillo.

Shlomo estalló en sollozos. Le temblaban las manos.

—¡Esto es el puto infierno!

—Lo siento mucho.

No quería ni pensar lo que podía significar ver a un familiar entrando en las cámaras de gas. Al final me alegraba de haber terminado en la Sauna, que era uno de los mejores sitios del campo.

El chico griego me miró a la cara antes de tirar la colilla al barro que comenzaba a acumularse en aquella primavera.

—Lo único que me daba algo de esperanza era que mi hermana Raquel se encontraba bien, pero lleva días sin venir a verme, y eso solo puede significar una cosa. Que...

No se atrevió a pronunciar las palabras. Agachó la cabeza y se alejó en silencio.

Una de las pocas cosas que aún me impresionaba de Auschwitz era lo rápido que los prisioneros se abrían a los demás, como si necesitaran sacar todo su miedo, su odio y su angustia lo antes posible. Me dirigí de nuevo a la Sauna, con el alma más cargada que antes, y entonces comprendí las palabras del sabio Salomón, recogidas en el libro del Eclesiastés: «Porque en la mucha sabiduría hay mucha angustia, y quien aumenta el conocimiento aumenta el dolor».*

Aquella tarde se lo conté todo a Zippi. Ella negó con la cabeza.

* Eclesiastés 1:18. Versión La Biblia de las Américas.

—No podemos hacer nada por él.

—Lo siento, no quería importunarte —le dije al verla algo triste.

—No, es que me preocupa estar embarazada, llevo retraso en el periodo. Los nazis son despiadados con los niños. Esta mañana pasaba por el bloque 11 y he visto en el Muro Negro a un oficial nazi, de espaldas. Había colocado contra la pared a toda una familia, a los dos padres y los tres niños; uno era apenas un bebé, que la madre llevaba en brazos. Para prolongar el sufrimiento de los padres, ha asesinado primero a los dos pequeños y después al hombre, que lo miraba todo con impotencia. La mujer estaba paralizada por el horror mientras acunaba al bebé, que lloraba por el sonido de los disparos. El oficial, que había escuchado mis pasos, se ha vuelto hacia mí. Era Palitzsch. Tras sonreírme, ha disparado al niño pequeño en la cabeza. La madre lo aferraba con más fuerza, pero él simplemente la ha asesinado.

Zippi lloraba. Aquella escena había quedado impresa en su retina y no podía quitársela de la cabeza.

—¿Qué nos harían si yo estuviera embarazada? A los niños más rubios los salvan y los mandan a orfanatos, o los dan en adopción a familias alemanas, pero solo si no son judíos. Y nosotros lo somos.

Mientras la envolvía en mis brazos, intenté buscar una salida, una forma de escapar de aquel infierno.

—África ha sido liberada y los americanos avanzan por Italia. Los nazis pierden en todos los frentes, los acosan en Yugoslavia y han salido de Grecia, y se cree que los aliados desembarcarán en Francia dentro de poco. Las SS quieren que desesperemos, pero antes de que termine el año estaremos en casa. Nos casaremos y tendremos muchos hijos y una casa junto al río. Viviremos en Polonia o, si lo prefieres, en Eslovaquia.

Nos tocaba soñar. Era la única forma de exorcizar las pesadillas que nos rodeaban. Los nazis iban a evacuar algunos de los campos de Birkenau, porque se esperaba la llegada masiva de judíos de Hungría, uno de los últimos países que se había resistido a entregarlos.

—Viviremos cerca de Varsovia. Tú te harás un gran cantante y yo continuaré con mis diseños. Tendremos solo dos hijos: no quiero pasarme la vida cambiando pañales.

Nos reímos y nos abrazamos de nuevo. Pensé que tal vez todo aquello no eran más que ensoñaciones, fantasías, pero teníamos derecho a soñar: era en el único lugar donde los nazis no podían hacernos daño.

20

ZIPPI

Auschwitz, junio de 1944

Leningrado había resistido y los alemanes, desesperados, comenzaban a asimilar que no podían ganar la guerra. Los miembros de las SS parecían nerviosos, no solo por el avance de los rusos: los bombardeos constantes sobre las ciudades alemanas también los llenaban de incertidumbre. Lo que yo no entendía es por qué los aliados no bombardeaban las vías de tren que hacían llegar cada día a Auschwitz una carga de carne y muerte tan terrible. A veces pensaba que el mundo no quería conocer, o directamente no le importaba, la suerte de los judíos. Durante miles de años habíamos sufrido la persecución y la discriminación. En muchos países, las cuotas y visados para los judíos se habían reducido justo antes de la guerra, a pesar de que todos aquellos gobiernos eran conscientes de lo que los nazis nos hacían.

Mientras el mundo parecía recuperar un poco la esperanza, yo intentaba que la información sobre lo que ocurría en Auschwitz llegara al exterior. Estaba segura de que los nazis intentarían borrar sus huellas en cuanto vieran aparecer por el horizonte a los soviéticos.

La resistencia había enviado un informe al gobierno polaco en el exilio para dar a conocer el asesinato masivo de polacos, en especial judíos, en muchos campos de exterminio repartidos por el país, pero sobre todo en Auschwitz. En el texto se hablaba del asesinato de enfermos, de los experimentos macabros con muchos prisioneros, de las cámaras de gas y del resto de los horrores que vivíamos cada día. No sabía cómo se habrían tomado el informe, pero el mundo ya no podría decir que no sabía nada.

A pesar del cambio en la dirección del campo, los nazis no iban a detener su máquina de muerte.

En Auschwitz había dos campos de familia: el gitano, que fue creado en febrero de 1943, y el de los checos del gueto de Theresienstadt, de septiembre del mismo año. Los habitantes de ese gueto no fueron sometidos a una selección, como siempre se hacía a la llegada al campo. Se permitió que todos se quedasen, incluidos los niños. Los nazis de las SS trataban de convencer a la Cruz Roja Internacional de que el trato a los judíos era correcto, además de utilizarlos para la propaganda.

La mayoría de los prisioneros de Auschwitz pensaban que los checos tenían más privilegios que los demás. Como yo manejaba los libros de recuento de Birkenau, sabía que, en todos esos meses, el índice de mortalidad entre los checos había sido altísimo, similar al del resto de campos.

El hecho de que las familias estuvieran reunidas podía parecer idílico, o al menos no tan inhumano, pero que los padres y las madres vieran a sus hijos morir de hambre o de enfermedades no constituía ningún consuelo.

Fredy Hirsch, un joven líder del movimiento juvenil

sionista judío alemán, convenció a Arno Böhm para que permitiera usar el bloque 31 como un colegio para menores de catorce años. Arno consiguió fundar una verdadera escuela en la que se impartía música, historia, judaísmo, alemán y checo. Únicamente disponían de doce libros y los profesores debían enseñar las asignaturas con la sola ayuda de su memoria.

La visita de la Cruz Roja alemana en febrero, junto con una delegación de la Oficina Central de Seguridad del Reich, debía servir para informar a Alemania y al mundo de que los nazis no eran tan malvados como se les pintaba. El principal miembro de la comisión era Adolf Eichmann, el encargado del transporte de los judíos hasta los campos de exterminio.

Cuando llegó a mis manos la orden de Johann Schwarzhuber, en la que se disponía que los prisioneros serían trasladados a Heydebreck, yo sabía que era mentira. El plan era deshacerse de todos los checos para dejar sitio a las decenas de miles de judíos que iban a llegar de Hungría.

Los prisioneros del campo fueron engañados. Primero sacaron a los hombres, después a las mujeres y por último a los niños. En unas horas, más de siete mil judíos checos fueron asesinados.

Los nazis habían intentado algo parecido en mayo con los gitanos, pero estos se resistieron con uñas y dientes.

Yo tomaba nota de todas estas atrocidades para que no cayeran en el olvido. Registré también los nombres de los *kapos* y los nazis más crueles, ya que tenía la esperanza de que un día el mundo pudiera juzgar a esos demonios inhumanos.

Lo único que lograba sacarme de esa rutina infernal eran los encuentros con David, que me daban la vida, y la orquesta de mujeres. Alma, sin embargo, se encontraba enferma desde abril. Algunos pensaban que se estaba envenenando y otros que había comido alimentos en mal estado. No llegó viva a mayo y, aunque se buscó a una directora rusa, nada fue lo mismo. Se suspendieron los conciertos de los domingos, luego se eliminaron los ensayos y, finalmente, Maria Mandl se conformó con que unas pocas tocaran de tanto en cuanto a la entrada o salida de los prisioneros. Yo dejé la orquesta en aquellos días, y la música, que me había ayudado a sobrellevar la dura vida del campo, me dejó de nuevo huérfana.

Alma y yo habíamos soñado con que la orquesta viajara por toda Europa, como recuerdo y homenaje a todos los que habían sido asesinados en Auschwitz. Y soñar era lo único que nos quedaba. Los nazis nos habían robado nuestro pasado, exterminado todo lo que nos unía con el mundo, nuestros familiares y amigos; tenían secuestrado nuestro presente y, si la guerra no terminaba pronto, acabarían con nuestro futuro.

Aquella tarde, cuando me dirigía a la Sauna para verme con David, me preguntaba si lo nuestro era pura pasión, el deseo de escupir en la cara a la muerte o un amor verdadero. Yo no sabía qué era el amor. Mi padre me quería, al menos a su manera, y mi abuela sin duda me amaba, pero no era capaz de expresarlo en palabras ni con caricias. De mi madre apenas me acordaba, y mi hermano Sam era un chico alegre y fuerte, pero algo distante.

David me recibió con un abrazo y ascendimos a nuestro nido de amor. Aquel día estaba tan triste que no dije nada; me limité a quedarme acurrucada en sus brazos.

—¿Estás bien?

—No —le contesté.

—¿Por qué?

—Estoy agotada, no sé si merece la pena seguir soñando. Todo el mundo muere a nuestro alrededor y nosotros no tardaremos en desaparecer. Los nazis querrán ocultar todo esto y nosotros somos los únicos testigos. Sería ingenuo pensar que nos van a dejar con vida.

David se hecho a reír y yo fruncí el ceño.

—Los aliados han desembarcado en Normandía y están avanzando con rapidez en Francia. Cuando crucen el Rin, todo esto acabará. Además, por tu estado de humor y tristeza, está claro que no estás embarazada.

Aquel comentario me pareció ofensivo al principio, pero después me eché a reír. Sabía que en el fondo tenía razón.

—Eres un tonto —le dije tras darle un golpe en el hombro.

Cuando comenzamos a soñar de nuevo y a imaginar lo que haríamos al acabar la guerra, una sirena sonó de repente.

—Vamos —lo apremié mientras me arreglaba la ropa y el pelo.

—¿Qué habrá pasado?

—No lo sé —contesté, encogida de hombros.

En la puerta, preguntamos al guardia que vigilaba el edificio.

—Han escapado dos mujeres.

Nos miramos sorprendidos. Yo solía enterarme de todo lo que se fraguaba en Auschwitz. ¿Quién demonios intentaba escapar? ¿Dónde podían esconderse? Alrededor del campo había muchos subcampos, y casi toda la región estaba bajo el gobierno directo de las SS como si de un feudo particular se tratara. Si no obtenían ayuda del exterior, no podrían llegar muy lejos.

Me dirigí a Auschwitz I. Durante el trayecto, me pregunté por qué no lo intentaba yo. Tal vez debía irme sin más, o planear con David alguna fuga. Eso era mejor que esperar a que nos mataran o, si la suerte nos acompañaba, a que los aliados al final nos liberaran.

En la oficina, Katya me contó que los dos fugados, que habían salido de Kanada, eran Mala Zimetbaum y su novio Edward Galinski. Mala era belga y él, un prisionero político polaco. Se habían conocido mientras ella estaba convaleciente en la enfermería.

—¿Sabes cómo lo han conseguido?

Katya me miró con una sonrisa.

—Mala es más lista de lo que parecía. Ha conseguido unos papeles falsos que decían que tenían que trasladarla, y su novio se ha hecho con un uniforme de las SS. Han salido tan tranquilos por la puerta y nadie se ha percatado hasta el recuento. Espero que ya estén muy lejos de aquí y que alguien los esté ayudando ahí fuera.

—No se me habría ocurrido algo igual —admití.

Sentí una breve punzada de envidia: no éramos la única pareja de enamorados en el campo y habían logrado escapar juntos. Pero estaba tan alegre que me puse a bailar con Katya.

—¿Estás loca?

—No, me alegra que alguien haya logrado huir de aquí. Ojalá los próximos seamos nosotros.

Los nazis estaban furiosos. Mientras los rusos se aproximaban a Polonia y por tanto a Auschwitz, dos prisioneros habían logrado lo imposible: escapar del campo y sobrevivir.

Aquella mañana, Maria Mandl nos reunió a todas y nos puso en fila.

—Creo que a algunas de vosotras todo esto os parece muy divertido. Pensáis que Mala y ese polaco lo van a conseguir, pero los vamos a atrapar, os lo juro. Creemos que alguien de aquí los ha ayudado, por lo que dos miembros de la Gestapo interrogarán a todo el personal no alemán del campo. Seguro que os borran esa sonrisa de la cara.

No entendí por qué lo decía, si todas estábamos serias y en posición de firmes, pero imaginé que la alegría se reflejaba en nuestra mirada. Los ojos son la verdadera ventana del alma.

A primera hora de la tarde, me convocaron al interrogatorio en el bloque 11. Entrar en aquel lugar ya me ponía nerviosa.

En una sala pequeña, poco iluminada y con olor a humedad, dos hombres me esperaban sentados. Me acomodé en la silla de enfrente. Llevaban trajes civiles, algo poco habitual en el campo. Olían de una forma especial. Todos los que vivíamos en Auschwitz desprendíamos una persistente pestilencia a muerte, como si esta se nos hubiese incrustado en la piel.

—Señorita Helen Zipora Spitzer, ya sabrá lo sucedido. No tenemos demasiado tiempo que perder. ¿Conocía a los dos fugados?

—Sí, señor —contesté con la cabeza gacha. Era mejor no mirar a esa gente a los ojos.

—¿Con quién se solía relacionar Mala?

—No lo sé. Estaba en nuestro bloque, pero yo solo voy allí para dormir. Me paso la mayor parte del tiempo en la oficina o yendo de un lado a otro para completar los informes.

Uno de los dos agentes se inclinó hacia delante. Era de cara delgada y ojos penetrantes. Me preguntó con una voz áspera:

—¿Quién les ayudó? Se creen que no nos damos

cuenta de todo lo que hacen a nuestras espaldas, pero no es así. Simplemente son piezas útiles que se pueden sacrificar en cualquier momento.

—No sé nada, he sido la primera sorprendida. Yo tengo acceso a todos los campos, incluso puedo ir al pueblo a por material de oficina. Si quisiera huir, sería sencillo...

El hombre se puso en pie, alterado hasta el punto de echar espumarajos por la boca.

—Usted es una perra judía. Tiene el collar puesto como todos, pero le hemos soltado un poco más la correa. Estamos siendo muy amables y condescendientes, porque nos lo ha pedido el comandante, pero ya le he dicho que nadie es imprescindible en Auschwitz. ¡Nadie!

—Me había llegado el rumor de que eran novios o algo así, pero no imaginé...

El alemán me abofeteó con tanta fuerza que me dio la vuelta la cara y comencé a sangrar.

—¡«Imaginé»! No queremos que piense ni que imagine, solo que informe.

—No sé nada —insistí mientras sollozaba. En los últimos meses me había sentido tan segura que no estaba preparada para una situación así.

Entonces escuché un gemido a mi espalda. El alemán encendió la luz y vi a una de las compañeras de la oficina colgada por los brazos, sangrando por la cara y semiinconsciente.

—¿Quién le facilitó los papeles?

—Yo no tengo acceso a esos documentos.

—¿Quién podría tenerlo?

La única persona que podía hacerlo era Katya, pero era mi amiga y no la iba a traicionar. Pensé en la peor persona de la oficina y recordé a las hermanas Zimmerspitz, que no eran demasiado queridas. Habían formado una especie de clan con sus primas. Unas trabajaban en la oficina y las otras en Kanada, pero solo se cuidaban entre ellas. Todos sabíamos que las SS habían colocado a Frida como espía: querían saber de qué hablábamos y si planeábamos algo contra ellos. Aquella traidora era la única persona a la que podía denunciar.

—Frida Zimmerspitz.

El otro agente de la Gestapo apuntó el nombre.

—¿Está segura?

—Sí, señor.

Las Zimmerspitz tenían de todo gracias a su trabajo en Kanada, pero lo revendían por un precio desproporcionado a mujeres que se estaban muriendo de hambre. Lo que yo no imaginaba es que el clan estaba a punto de realizar otra fuga espectacular.

21

DAVID

Birkenau, julio de 1944

La agitación en Auschwitz era inmensa a principios de julio. El verano aún no había llegado. A veces, en las frías tierras polacas había que esperar hasta mediados de mes para que el sol calentara de veras, y la situación parecía más sombría que nunca.

Los nazis estaban furiosos. Los fugados llevaban diez días sin aparecer y eso infundía aliento al resto de los prisioneros. Zippi y yo no habíamos vuelto a vernos; la vigilancia se había redoblado y era muy peligroso cualquier contacto.

La única forma de comunicarme con ella era por medio de notas. En ellas me contaba que los alemanes las vigilaban más estrechamente, que la habían interrogado y que, tras la huida de la familia Zimmerspitz, las cosas se habían puesto aún peor.

La situación en la Sauna era parecida, con la única diferencia de que el volumen de ropa había aumentado mucho y trabajábamos sin parar. La llegada de los húngaros era tan arrolladora que los hornos de los crematorios se sobrecalentaban y los miembros de los *Son-*

derkommandos trabajaban en turnos de doce horas, tanto de día como de noche. A pesar de todo, algunos trenes se quedaban varados varios días y, cuando los alemanes los abrían para mandar a los húngaros a las cámaras, los más débiles ya habían muerto; en muchas ocasiones, el vagón entero.

Al duodécimo día de la fuga, atraparon a Mala y a su novio. Corrieron muchos rumores por el campo. Algunos decían que los habían cogido porque, al acabárseles la comida, fueron a una tienda y se cruzaron con un miembro de las SS que reconoció a Mala; otros, que una mujer polaca de la zona los delató.

Una mañana, varios prisioneros de Auschwitz I los vieron llegar en una carreta, con la cara destrozada. Los introdujeron en el bloque 11.

Zippi tenía mucho miedo. La historia de los dos amantes se parecía tanto a la nuestra que se vio reflejada en ella. Nuestro amor no decreció por las dificultades, pero decidimos actuar con más prudencia.

A los pocos días, la gente dejó de hablar de Mara y su novio, pero la fuga de las hermanas y primas Zimmerspitz volvió a poner en tela de juicio el sistema de seguridad del campo.

Las cuatro mujeres —Frieda, Malvine, Ruzena y Margit— eran más odiadas que amadas, pero el hecho de que hubieran huido nos alegró a todos. Hasta el peor de los prisioneros nos parecía mucho mejor que el más bueno de los guardianes.

Mientras intentaba tomar algo el sol, vi en la lejanía a las mujeres formadas. Las guardianas alemanas corrían despavoridas. Gritaron dos números bien alto y las chicas se adelantaron asustadas. Todas trabajaban en Kanada.

—¿Sois la 1.755 y la 1.756?

—Sí —dijeron las dos a la vez.

Se llamaban como las fugadas y las nazis creían que podían saber algo de las desaparecidas.

Nadie las iba a echar de menos en el bloque 18. Trataban al resto de las compañeras muy mal y se aprovechaban de su posición como *kapos* y jefas de bloque.

El perfecto plan de las Zimmerspitz se podría haber desbaratado por culpa de una de las meretrices del burdel de Auschwitz.

Heinrich Himmler, más por pragmatismo que por morbosidad, dio la orden de construir prostíbulos en los campos de concentración y exterminio. La macabra idea de castigo y recompensa para los colaboradores le hizo pensar que un burdel alentaría el trabajo de los prisioneros. Los judíos no podíamos utilizarlo y, aunque se obligó a prostituirse a alguna mujer judía, la mayoría no lo eran.

Las mujeres no podían negarse a entrar en los burdeles. Tenían mejores condiciones médicas y sanitarias, pero aquella vida era una humillación constante.

Una mañana me ordenaron llevar ropa interior al bloque 18. Me acompañó un chico llamado Daniel. Cuando entramos en el edificio, que por fuera era muy parecido al resto, nos sorprendió la luz tenue y las telas que cubrían las desnudas paredes.

Dejamos la ropa limpia y escuchamos a un oficial de las SS, que estaba hablando con una de las chicas. Afinamos bien el oído, porque, después de los cigarrillos, la otra moneda de cambio del campo era la información.

—¿Cómo sabes todo eso?

—Aquí se cuentan muchos secretos. Si le contara todo lo que sé, ahorcaría a la mitad del campo.

El oficial sonrió y escribió todo lo que le dijo la mujer en una libreta.

A pesar de aquellas confesiones, no lograron dar con la familia. La prostituta fue castigada y no consiguió su ansiada libertad.

Después de pasar por el burdel, le dije a mi compañero Daniel que me esperase en la puerta de la oficina. Entré con una excusa y así pude ver a Zippi. Su cara parecía más triste y demacrada que unas semanas antes. Ella me lanzó una mirada furtiva y con aquel pequeño incentivo intentamos resistir unos días más.

La última semana de julio logramos encontrarnos de nuevo en nuestro lugar secreto de la Sauna.

—Es terrible lo de los húngaros —me comentó—. Sus gritos suplicando agua se escuchan por todo el campo. ¿Por qué no les dan un poco de agua? Dejarles morir así es cruel e innecesario.

—Todo en este sitio es cruel e innecesario —añadí.

—Esta mañana una de las chicas del Kanada llenó una botella y se la arrojó a un niño. El pobre se salió de la fila que iba hacia las cámaras de gas, la cogió y comenzó a beber. Se acercó a él Gottfried Weise, le quitó la botella y la tiró lejos. Después, levantó al niño en brazos y lo lanzó al aire para atravesarlo con su bayoneta. Lo remató reventándole la cabeza contra la pared. ¡Todo por un poco de agua!

—Lo siento —dije mientras le acariciaba la cara.

—Pero eso no fue lo peor. Después fue hasta las chicas y preguntó quién había sido la de la botella. Como nadie contestó, las colocó en fila y fue matando una de cada diez. Asesinó de un tiro en la cabeza a setenta mujeres antes de calmarse.

—No le des más vueltas—le rogué.

—A veces pienso en escapar y después creo que es una estupidez. Mira lo que le ha sucedido a Mala. Lo único que ha conseguido es que castiguen a mucha gente. Debemos esperar, este año estaremos todos libres o muertos.

Sabía que Zippi tenía razón. Los aliados avanzaban en cada uno de los frentes.

En ese momento nos quedamos en silencio. Simplemente sentíamos la piel el uno del otro, pero aquello impedía que todo lo que sucedía fuera de esas paredes nos destruyera por completo.

Al día siguiente corrió un rumor por todo el campo: Adolf Hitler había muerto. Al parecer, habían colocado una bomba en el cuartel general de los alemanes. Tenía que haber sido algún miembro importante del ejército. La alegría se palpaba en el ambiente, como el temor que poco a poco invadía el corazón de nuestros verdugos, si es que tenían uno.

En el fondo sabíamos que no podía ser tan sencillo y, un día después, nos enteramos de que Hitler había sobrevivido y que habían ejecutado a todos los conspiradores.

—¿Cómo es posible que Alemania confíe todavía en alguien así? —le pregunté a Georg.

—Los alemanes a estas alturas ya no quieren a Hitler, pero ¿sabes por qué lo protegen? Han sido sus cómplices, al menos la mayoría; si pierden, sus enemigos querrán revancha, en especial los rusos. Si los soviéticos ocupan Alemania, será una orgía de muerte y dolor para ellos. No digo que no lo merezcan, pero creo que esta guerra nunca terminará del todo.

Estaba deseando que mi supervisor se marchase para encontrarme con Zippi, pero no se presentó y me quedé muy preocupado. Le mandé una nota y tardó en contestarme: «Siento la tardanza, pero estoy desolada. Ya te contaré mañana». El mensaje era escueto. En lugar de tranquilizarme, me asustó aún más.

Pasé la noche inquieto. Agosto había comenzado y el calor era insoportable, pero lo que no me dejaba descansar era la incertidumbre.

El día siguiente me pareció interminable, de modo que, cuando al final vi a Zippi, la rodeé entre mis brazos.

—¿Cómo estás? ¿Qué ha sucedido?

—Es Katya —me dijo, angustiada—. Alguien la ha denunciado por su relación con Palitzsch. Los dos están en el bloque 11.

Mi amor rompió a llorar y le acaricié el pelo.

—Katya es fuerte, una superviviente nata, seguro que saldrá de esta.

—Es imposible. Para los nazis es una afrenta que uno de los suyos tenga una relación sentimental con una judía.

—También la tienen Helena Citrónova y Franz Wunsch —le contesté.

—Pero alguien la ha denunciado, y yo apuesto por Margot Drechsel. Tiene que haber sido ella. Siempre ha odiado a Katya, a pesar de todo lo que ha hecho por ella.

—No lo pienses más.

—Sin ella aquí, estoy perdida. Es nuestra protectora, mi amiga del alma. ¿Qué pasará si bajo tortura cuenta lo nuestro?

Katya no era una mujer que me cayera especialmente bien, pero estaba seguro de que no nos delataría.

—Frankenstein va a realizar la investigación.

A pesar de lo chistoso del apodo, Josef Hustek-Erber era uno de los prisioneros más crueles de Auschwitz.

Tanto su cuerpo como su alma eran deformes. Katya podía terminar ahorcada en el patio de recuento del campo.

La media hora que estuvimos juntos se pasó volando: habíamos sobrevivido un día más. Todos creíamos que, antes de que llegara el invierno, la guerra habría terminado para siempre. Lo único que teníamos que hacer era mantenernos vivos y no hacer ninguna tontería.

22

ZIPPI

Auschwitz, agosto de 1944

Mucha gente me debía favores en Auschwitz. Así conseguí que los guardias me dejaran ver a mi amiga en su celda de castigo, algo casi imposible. Me adentré en el bloque 11 después de superar el control de la entrada. Un soldado me acompañó hasta el sótano, donde se encontraban los calabozos. El pasillo estaba iluminado por unas bombillas cubiertas de polvo. El aire, muy cargado, era mezcla de humedad, sudor y muerte. El soldado se detuvo frente a una robusta puerta de madera, abrió la cerradura y me dejó entrar. Justo en ese momento encendió la luz de la celda y ante mí apareció Katya. Se tapó los ojos para poder soportar la luz e intentó sonreírme, pero no pudo.

—¡Querida Zippi! —exclamó con la voz quebrada. Toda su seguridad y su fuerza se habían disipado por completo. Nos abrazamos y sentí el hedor a orín, transpiración y miedo.

—Lo siento tanto... —le dije intentando retener las lágrimas.

—Al menos no nos han fusilado. No creo que le hagan nada a Gerhard, pero no sé qué sucederá conmigo. Se me castiga por sobrevivir. Nosotras no podemos negarnos a un guardia, si lo hacemos estamos muertas. Ellos lo saben. ¿Qué podía hacer?

Katya lloró de nuevo. Se la veía tan desesperada.

—Todo saldrá bien, lo siento mucho —la consolé.

—Gracias, eres la única que ha intentado verme. Aquí cada una piensa solo en sí misma, pero tú eres una amiga verdadera.

—Me has salvado la vida tantas veces que he perdido la cuenta.

—¿Sabes lo que voy a hacer en cuanto salgamos de todo esto?

Hablar del futuro era una de las pocas maneras de escapar de las alambradas electrificadas que nos rodeaban. Las ensoñaciones nos permitían no perder la esperanza.

—No. ¿Qué te gustaría hacer?

—Dedicaré mi vida a advertir al mundo del peligro del odio, para que una cosa así no se vuelva repetir jamás.

—Intentaré venir otra vez —le dije—, aunque no estoy segura de que me dejen. Cuando termine la guerra, te buscaré, nos tomaremos un café y nos reiremos de todo esto.

No pude evitar que los ojos se me humedecieran, mis palabras eran más un deseo que una realidad. Era probable que en unos meses, cuando los rusos estuvieran muy cerca, los nazis simplemente nos metieran en las cámaras de gas antes de destruirlas por completo.

Nos abrazamos por última vez. Llamé a la puerta y recorrí en silencio el largo pasillo, con una fuerte opresión en el pecho que solo se me alivió al llegar afuera. El sol me iluminó la cara y me sentí viva; unos pájaros gorjeaban en los árboles cercanos. La felicidad se pagaba muy cara en el campo: si las autoridades se enteraban de que David y yo nos veíamos a escondidas, acabaríamos los dos ahorcados. El amor no era una opción aceptable en Auschwitz; de alguna manera, nuestros verdugos intuían que el amor era peligroso. El infierno del campo, y en especial de Birkenau, hacía que el amor fuera más palpable. Las madres con sus niños pequeños, las mujeres embarazadas que se acariciaban la barriga y los abuelos de la mano con los nietos mostraban tanto amor que lo único que podían hacer los nazis para exorcizarlo era destruirnos en las llamas de su profundo odio.

Los lamentos llegaban desde el campo gitano. Los guardias lo habían estado debilitando poco a poco, llevándose a los más jóvenes y capaces. Ahora quedaban algunas mujeres, los niños y los ancianos. Por eso, cuando los camiones llegaron muy temprano, encontraron a los gitanos desprevenidos. Esta vez no lograron resistirse.

Me habían pedido que aquella mañana fuera a Birkenau e hiciera el recuento para los libros. A mi lado se encontraba el doctor Mengele. Parecía más seguro de sí mismo que unos meses antes. Un tipo sin escrúpulos como él ascendía rápidamente en las SS.

—Bueno, al final van a dejar más espacio. Lo lamento por la guardería, Helene Hannemann estaba haciendo un gran trabajo —comentó con su cinismo habitual—. ¿Puede creer que le he ofrecido marcharse y se ha negado? Creía que era una mujer fuerte, pero es muy débil. No se puede separar de sus crías mestizas. Es una pena que se pierdan para siempre todos esos genes de pura raza aria.

No le contesté. Sabía que apenas me consideraba humana. Comenzó el recuento y los primeros camiones estuvieron llenos de gitanos en pocos minutos. Después, Helene y algunas de sus ayudantes aparecieron con los niños. Los ayudaron a subir. Mengele no se dirigió a ella, la enfermera tampoco lo miró. Cuando todos estuvieron en el transporte, Helene se puso a cantar a los niños una vieja nana. Su rostro brillaba al sol. No parecía atemorizada; su cara reflejaba más bien la poderosa fuerza que infunde el amor en las personas valientes.

La canción de cuna estuvo resonando en mi mente hasta que llegué a la Sauna. Al ver a David, me eché a llorar, pero me sequé las lágrimas con la manga. No me dirigí a él. Simplemente deseaba verlo, aunque fuera tan solo unos instantes.

Auschwitz se había convertido en un nuestro pequeño mundo, un mundo peligroso y cruel en el que, al fin y al cabo, se cumplían una serie de reglas. En aquellos instantes, todo parecía derrumbarse para siempre, como un castillo de naipes, y nosotros nos encontrábamos justo en medio de aquel huracán.

En aquellos días, Maria Mandl me ordenó construir una maqueta de Auschwitz. No estaba segura con qué intención. Tal vez Himmler quería regalársela al mismísimo Adolf Hitler, que, como arquitecto frustrado, era un amante de recreaciones a escala. Se rumoreaba que Hitler planeaba remodelar por completo Berlín para convertirlo en la ciudad más impresionante creada jamás por el hombre.

Después de varios días de trabajo duro, Mandl y Franz Hössler pasaron a supervisar la maqueta. Había incluido todos los detalles, como las calles, los árboles y las alambradas, aunque me habían prohibido representar las cámaras de gas. Querían que Auschwitz pasara a la historia como un campo modelo, como Dachau, no como la fábrica de muerte que era en realidad. Katya y yo, sin embargo, ya habíamos facilitado toda la información a la resistencia. Mi amiga había enviado los datos a su hermana y su cuñado, a pesar de que los ponía en peligro, ya que cualquier detalle sobre nuestro campamento era absoluto secreto.

—Felicidades —dijo el oficial alemán, y ordenó que trasladasen la maqueta a su despacho. A los pocos días me enteré de que estaba en Berlín.

Convertirse en útil para los alemanes era imprescindible. Todas las mujeres de la orquesta habían sido enviadas a Bergen-Belsen, un campo de concentración en unas condiciones aún peores que las nuestras. No importaba lo que hubieran hecho por Auschwitz, para los nazis no dejábamos de ser números.

Nuestras esperanzas aumentaban a medida que nos enterábamos del avance aliado. Ahora sabíamos que el campo de Majdanek, en Lublin, había sido liberado, y que los polacos se habían rebelado en Varsovia y los soviéticos no tardarían en llegar.

Por eso no me extrañó encontrarme medio calcinado un documento de alto secreto en el que los oficiales del campo organizaban el cierre y la destrucción de Auschwitz. Para no dejar ni rastro de sus crímenes.

Aquella noche, cuando David y yo nos quedamos por fin a solas, le conté todo lo que sabía. Parecía agotado y algo desmejorado. La comida era cada día peor y ni las personas en los mejores puestos lograban escapar del hambre. El trabajo no había cesado en todo el verano: los húngaros llegaban sin parar y la Sauna no daba abasto. Aunque lo más terrible era ver lo que sucedía en las cámaras de gas, que estaban al límite de su capacidad. Para deshacerse de los cuerpos, los nazis habían vuelto a emplear las fosas comunes y la incineración por medio de gasolina. Los hornos tampoco daban más de sí.

—No puedo más —me dijo David con el rostro enflaquecido—. Las hogueras arden día y noche, el olor es insoportable. Cada día muere algún compañero y nadie lo sustituye. Esto se está hundiendo.

—Recuerda lo que hemos hablado muchas veces. Debemos aguantar un poco más. Los rusos han llegado a Polonia. En días, tal vez semanas, todos seremos libres —le dije para animarlo, aunque yo también estaba muy preocupada.

—Tienes razón. Si nos desanimamos, ellos ganarán.

Aquella noche hicimos el amor. Necesitábamos que el placer que inundaba nuestros cuerpos nos liberase de tanto horror y tanta maldad, como si fuéramos de nuevo el único hombre y la única mujer sobre la faz de la tierra.

23

DAVID

Birkenau, septiembre de 1944

Parecía que Europa estaba liberándose de la bota alemana más lentamente de lo que todos deseábamos. Bélgica, una parte de Holanda, casi toda Francia y una parte de Polonia ya eran libres, pero los nazis resistían más de lo esperado. Se aferraban con uñas y dientes a la esperanza.

Zippi me contó que a su amiga Katya, como castigo, la habían enviado a otro campo más duro. Los nazis se habían centrado tanto en acabar con los prisioneros húngaros que para ellos nosotros apenas existíamos. Los días pasaban veloces, no parábamos un instante y, por las noches, desde hacía unas semanas, nuestras citas se habían intensificado. Era algo extraño, porque durante el día realizábamos un trabajo terrible, rodeados de muerte y destrucción, y por las noches vivíamos nuestros encuentros como dos esposos. Nadie nos había casado, y de haber sabido que estábamos juntos nos habrían asesinado, pero yo sentía que Dios ya nos había unido para siempre.

El 15 de septiembre recibimos la orden de formar en el patio de recuento. Éramos todavía miles, a pesar de que se habían vaciado varios campos. Parecíamos un ejército de desesperados.

Entonces subió al estrado Maria Mandl, aquella mujer terrible y altanera.

—Prisioneros de Auschwitz —gritó la jefa de las guardianas—, nuestro campo ha sido un modelo durante estos años. Toda Alemania sabrá algún día que la guerra se ganó aquí, donde decenas de miles de personas trabajaron en empresas imprescindibles para nuestra victoria. Sin embargo, siempre, en un rebaño de ovejas hay algunas negras. Desde que este campo se abrió, se ha perseguido sobre todo la insubordinación y, aún más, cualquier intento de fuga. Dos personas intentaron huir hace ya varios meses. Hemos estado investigando si recibieron algún tipo de ayuda y hoy vamos a ajusticiarlos como se merecen.

Aparecieron en ese momento Mala y su novio. Tenían la cara desfigurada, apenas se les reconocía. Edward se tambaleaba y únicamente las manos de los soldados lo mantenían erguido. Ella andaba por su propio pie.

Lo subieron primero a él y le pusieron la soga al cuello. Al pie de las escaleras, Mala se revolvió y le quitó el puñal a uno de los soldados. Se lo clavó en el corazón. Todos nos quedamos boquiabiertos. Me hubiera gustado reaccionar y levantarme en aquel mismo instante contra los nazis, pero me quedé tan quieto como el resto.

Maria Mandl, al ver que Mala corría hacia ella, intentó huir. Contemplar el rostro aterrorizado de la austriaca fue un espectáculo que nosotros nunca olvidaríamos. Ahora eran ellos los que tenían miedo.

Mala logró atraparla e hincarle el puñal, pero, antes de que consiguiera rematar su acción, dos soldados la detuvieron y la desarmaron. A continuación, le echaron la soga al cuello y, tras la orden del comandante, ambos fugados fueron ejecutados.

Los dos cuerpos se balancearon unos segundos antes

de morir. Los nazis pretendían aterrorizarnos con aquel acto cruel, pero para la mayoría solo supuso una renovada bocanada de aliento.

Las semanas siguientes fueron de locos. El trabajo continuó siendo muy duro y nos llevó al límite a todos, pero en especial a los *Sonderkommandos*, que nunca habían tenido que deshacerse de tanta gente. Mi amigo Shlomo se acercó una tarde hasta la alambrada y charlamos de nuevo.

—No podemos aguantar más. Además, se acerca la fecha —me indicó el griego.

—¿Qué fecha? —le pregunté.

—Estamos a punto de cumplir los tres meses en el crematorio. Ese es el tiempo máximo que los nazis dejan con vida a los *Sonderkommandos*. Imagino que vosotros tenéis la esperanza de que los rusos os liberen, pero he oído que el levantamiento de Varsovia ha fracasado. Los soviéticos no llegaran hasta finales del otoño o en invierno, y eso es demasiado tarde, al menos para nosotros.

Me fijé en su rostro ojeroso. Había adelgazado mucho.

—No tenéis ninguna posibilidad.

—Puede que tengas razón, pero la otra salida es dejarse matar. Estamos cansados de tanta muerte y vamos a tratar de que esos cerdos prueben su propia medicina. Nos hemos hecho con algunas armas y munición.

Me sorprendió que la fuga estuviera tan bien organizada.

—Uníos a nosotros y luchad por vuestra vida.

—Tengo que pensarlo —le contesté.

—No queda mucho tiempo —me advirtió.

Por la noche le conté a Zippi nuestra conversación. Me miró con preocupación.

—¿Qué piensas?

—No lo sé —me respondió—. Mira lo que le sucedió a Mala y a su novio. No quiero que me ahorquen ahora que queda tan poco. Hemos aguantado hasta aquí. Debemos hacerlo un poco más.

Se rascó la cabeza. Era una mujer muy inteligente, la más inteligente que he conocido jamás. Su mente analítica era capaz de examinar todos los pros y los contras.

—Es más sabio mantenerse al margen —concluyó—. Lo más difícil no es huir de Auschwitz, es permanecer oculto hasta que los soviéticos lleguen.

—Pues me mantendré al margen.

Zippi me besó muy despacio. Luego me dijo con su tierna voz:

—Eres la persona que más quiero en este mundo.

Sabía que era verdad. Mi amor no era una mujer muy expresiva. Se había convertido en alguien fuerte, que intentaba controlar sus emociones, pero conmigo era la persona más dulce del universo.

—Te amo —le dije mientras nos besábamos, y el mundo desapareció otra vez de nuestras mentes. Lo único importante era el otro, hasta convertirse en una extensión de uno mismo. Éramos una sola carne, nuestras almas ocupaban un solo cuerpo, la sangre que circulaba por nuestras venas y cada músculo nos unían hasta el punto de que su sufrimiento era el mío y el mío era el suyo.

Unos días más tarde, escuchamos las explosiones y supimos que la rebelión había comenzado.

24

ZIPPI

Auschwitz, octubre de 1944

Las explosiones de Birkenau se escucharon en nuestro campo. No me pilló por sorpresa. David ya me había advertido, pero temía las consecuencias que podíamos sufrir todos nosotros, sobre todo ahora que los nazis querían borrar todas las huellas de sus crímenes.

Al mando de la revuelta estaban los *kapos* principales, Lemke y Kaminski. Conocía al segundo, un líder nato que todo el mundo respetaba. Los *Sonderkommandos* habían mantenido contactos con el exterior para asegurarse la huida. Les enviaban dinero y conseguían armas. El plan era hacer estallar los crematorios y escapar en plena confusión. Los nazis parecían cada vez más preocupados, y en sus rostros fieros ya no se apreciaba el orgullo y la altanería que habían mostrado durante tanto tiempo. Al final, según parecía, la raza superior no lo era tanto.

Me preocupaba que, al estar la rebelión tan cerca de la Sauna, los guardias detuvieran a David aunque se mantuviera al margen.

El crematorio 4 estalló por los aires. Desde mi oficina vi el humo y, aunque lo intenté, me impidieron acercarme a Birkenau. Me hubiera gustado sacar a mi amor de allí, pero solo me quedaba rezar.

El comandante Höss había regresado en verano para supervisar la operación de eliminación de los húngaros. Su mente perversa logró exterminarlos en un tiempo récord. Una vez conseguido el objetivo, Richard Baer había asumido el control, pero era un tipo menos resolutivo. En el fondo, lo habían colocado al mando para que clausurase Auschwitz, y nadie imaginó que las cosas se pudieran complicar tanto.

David me contaría días después que los judíos se levantaron con cuchillos, hachas y piedras contra los guardias de las SS. Los *Sonderkommandos* lograron deshacerse de todos los alemanes, e incluso arrojaron vivos a dos oficiales a los hornos, en una especie de justicia poética. Después, los vio derribar la alambrada y huir por el bosque. Tuvo la tentación de seguirlos y experimentar esa sensación de libertad, pero no lo hizo porque me lo había prometido.

Los nazis no tardaron en recuperar el control. Capturaron a algunos de los fugados, varios de ellos mujeres, y los torturaron para que confesaran y delatasen a sus compañeros, pero sin éxito.

No pudimos vernos durante varios días. La zona de Kanada y la Sauna estaba estrechamente vigilada. El otoño avanzaba y seguíamos encerrados. No quería perder la esperanza pero comenzaba a desanimarme.

25

DAVID

Birkenau, noviembre de 1944

Zippi iba a cumplir años pronto, aunque superar un solo día en Auschwitz era ya un logro; morían miles de personas a diario. Por no hablar de la guerra, que devoraba todo lo que encontraba a su paso.

Los nazis habían conseguido parar a los norteamericanos en las Ardenas y a los soviéticos en Varsovia, aunque el ejército rojo había intentado introducirse en territorio alemán por Prusia. A pesar de todo, los alemanes se habían retirado de Italia y los estadounidenses avanzaban por el Sarre.

Intenté verme con Zippi en un día tan especial. Las cosas parecían más tranquilas en Auschwitz, aunque los preparativos de destrucción del campo continuaban adelante.

Al final le mandé un mensaje oculto en una manzana con la esperanza de que lo leyera, pero, al no recibir respuesta, pensé que se lo habría comido.

El invierno se hallaba a la vuelta de la esquina y, esta vez, lo tendríamos que pasar en las peores condiciones posibles. Alemania estaba colapsando y no había llegado ropa para el invierno, ni alimentos ni otros suministros imprescindibles. Afortunadamente teníamos los de la Sauna.

El volumen de trabajo había bajado mucho. La última selección de deportados fue el 30 de octubre y hacía días que no llegaban trenes. Me parecía increíble que los nazis no hubieran interrumpido antes los transportes, aunque supieran que la guerra estaba perdida y que sus crímenes se volverían en su contra.

Los últimos trenes llegaron del gueto de Lodz y de Eslovaquia, pero nos dijeron que Himmler había mandado una orden a primeros de mes para detener el asesinato en masa.

El final se acercaba y teníamos que estar preparados.

Unos días después de su cumpleaños, logré comunicarme con Zippi. Me envió una nota:

> Los soviéticos están muy cerca. Hay orden de desmantelar el campo y trasladarnos al interior de Alemania. Espero verte antes de que nos envíen a otro campo. Te quiero mucho y te echo de menos.
> Tuya,
>
> ZIPPI

La nota me infundió aliento. Estar con los brazos cruzados nos ponía nerviosos a todos, y los nazis no iban a mantener con vida a personas inactivas.

El comandante ordenó la demolición de las cámaras de gas y los crematorios, pero a los alemanes les costaba encontrar los explosivos necesarios.

Me había prometido a mí mismo que sobreviviría.

No quería que los nazis terminaran con toda mi estirpe, que nos borrasen de la faz de la tierra.

Mientras esperábamos el desenlace, mi amigo Szaja me pidió que compusiera una canción que describiera lo que había vivido en todo aquel tiempo. Esos últimos días en el infierno, los pasé escribiendo en un pequeño cuaderno con una estilográfica que habíamos robado a los alemanes. Era duro recordar, pero, si al final los nazis me mataban, al menos quedaría un documento de todas las barbaridades y crímenes que habían cometido. Lo sucedido en Auschwitz era más grande que nosotros y más importante que nuestras vidas.

La historia de mi amor por Zippi se convertiría en una de las miles, por no decir millones, que jamás serían contadas. Mi cuerpo, como el de toda mi familia, sería apilado en alguna cuneta y después quemado. El polvo sería el único vestigio que quedaría de mi paso por la tierra, o tal vez ni eso.

Estaba tan desesperado que, cuando recibí una nota de Zippi para que nos viéramos aquella noche, no me lo creía. Conté las horas con impaciencia y, cuando por fin estuve completamente solo, no aparté la vista de la puerta hasta que ella entró.

Nos abrazamos. Por un momento creí que jamás la volvería a ver, pero Dios me había regalado un nuevo encuentro con ella.

No subimos a nuestro nido de amor, el tiempo apremiaba. Nos besamos y nos abrazamos como si quisiéramos atravesarnos el uno al otro.

—Están desmantelando Auschwitz —me dijo—. Es cuestión de días, como mucho de semanas. Si terminamos en lugares distintos, ¿dónde podemos reencontrarnos cuando estemos a salvo?

No me sentía tan optimista como Zippi, pero debíamos trazar un plan.

—En el centro cívico judío de Varsovia —le contesté.

Ella me sonrió.

—Dentro de poco nos veremos allí. Seremos libres, fundaremos una familia y recordaremos todo esto como si se tratara de un mal sueño.

—¿Crees qué podremos continuar con nuestras vidas después de lo que hemos vivido?

—Somos fuertes, lo haremos —contestó mi amada.

Nos besamos de nuevo.

Cuando Zippi dejó la Sauna, me eché a llorar. Quería creer que nos reencontraríamos, que nuestro amor sería eterno, pero millones de personas habían muerto en la guerra. ¿Por qué íbamos a sobrevivir nosotros? ¿Qué nos hacía especiales? En nada éramos diferentes al resto. Nuestra astucia y la divina providencia nos habían mantenido con vida por alguna razón que se me escapaba.

Aquella noche no pegué ojo. Las bombas resonaban cada vez más cerca. No sabía si, como las campanas de una iglesia, tocaban a muerto o celebraban la victoria sobre nuestros enemigos.

26

ZIPPI

Auschwitz, diciembre de 1944

Las cámaras de gas y el crematorio habían sido destruidos por completo. Los nazis nos ordenaron que quemásemos los archivos, aunque logramos ocultar papeles importantes para que los rusos los descubrieran. Algunos de nuestros guardias ya habían sido reubicados en campos alemanes, como Maria Mandl.

Los nazis vaciaron Kanada y todo fue enviado al interior de Alemania. El invierno estaba siendo terrible, la gente moría de frío y de hambre. Yo cada día me sentía más débil, pero le había hecho una promesa a David y estaba dispuesta a cumplirla.

Durante días, prendimos fuego a todo lo que constituía una prueba contra ellos, pero Katya y yo habíamos mandado información a la resistencia durante años. Además, teníamos documentos escondidos en el campo.

—Himmler ha ordenado que todos los prisioneros vayan a Alemania. No quiere que nos liberen los rusos o los aliados —me dijo una de mis compañeras mientras arrojaba más papeles al fuego.

—¿Por qué no nos dejan en paz de una vez? —contesté.

—Eso mismo pienso yo —me dijo, aunque en el fondo sabíamos la respuesta. Éramos sus prisioneros, sus presas, su moneda de cambio frente a los aliados. Los que quedábamos después de tantos años de terror nos habíamos convertido en su única esperanza.

Cada día pensaba en David, en cómo estaría y si tendría algo de comida que llevarse a la boca. Si en Auschwitz I no había de nada, no quería ni imaginar lo que sucedería en Birkenau.

Las bombas caían tan cerca que los cristales retumbaban. Nuestros libertadores estaban a unas pocas horas del campo, pero nosotros no íbamos a verlos. Los nazis nos internarían en el corazón de su reino de terror y nos obligarían a compartir su aciago destino.

27

DAVID

Birkenau, enero de 1945

El nuevo año había llegado y aún éramos unos esclavos, sin derecho ni a morir en paz.

Una mañana nos prohibieron salir de los barracones. Nos temíamos lo peor, pero después nos obligaron a coger ropa de abrigo y nos ordenaron formar en filas. Mi amigo se escondió. Jozue sabía que era incapaz de andar en la nieve durante días.

Los nazis registraron cada rincón del campo en busca de prisioneros rezagados. Si los veían ocultos, disparaban sin más.

Cuando atravesamos las puertas de Auschwitz, tuve sensaciones contradictorias. Por fin salía de las alambradas que habían reducido mi mundo a aquel pequeño infierno creado por los nazis, pero el frío era muy intenso y la noche cerrada, y, a pesar de la ropa doble y las botas, tenía la sensación de que no iba a poder resistir la marcha.

Mi amigo Szaja caminaba a mi lado. Los que habían intentado esconderse para esperar a los rusos estaban todos muertos. No sabía nada de Zippi, aunque imaginaba que más tarde o más temprano ella nos seguiría en esa marcha de la muerte.

Cada vez que alguien se derrumbaba por el cansancio, los nazis se limitaban a pegarle un tiro en la cabeza. De una patada lo mandaban a la cuneta.

Al final llegamos a la estación de un subcampo cercano a Gliwice y nos metieron en un tren. Llevaba escondido algo de comida y agua para el viaje, pero muchos prisioneros bebían su propia orina para sobrevivir.

El tren paraba cada dos o tres horas y nos obligaban a lanzar del vagón los cuerpos de los muertos. Teníamos la sensación de que estábamos sembrando de cadáveres la vieja tierra polaca. Cuando entramos en Alemania, todos nos sentimos decepcionados. Nos alejábamos de la libertad para adentrarnos en la boca del lobo, en la misma guarida del demonio.

28

ZIPPI

Auschwitz, enero 1945

No sabía que el amor dolía tanto hasta que me separé de David. Siempre creí que era una experiencia placentera, una especie de estado de felicidad pleno, pero me equivocaba. Hasta aquel momento me había preocupado solo de mí; al fin y al cabo, casi todos mis seres queridos habían muerto. Ahora me angustiaba más por David que por mí misma.

«Dios mío, cuídale, te lo suplico», me escuché orando. Yo, que era atea, que no podía imaginar un mundo en el que lo eterno tuviera cabida, que me había resignado a ser pura materia intrascendente, quería vivir toda una eternidad para compartir mi amor.

Aquella había sido mi casa. Parecía mentira que en aquel instante, cuando atravesaba las barreras que me habían apresado y robado casi el alma, me sintiera tan insegura. Ahí fuera todo era incertidumbre. La nieve llegaba casi al medio metro y los caminos estaban congelados o enfangados, según la hora del día. Del campo salía un río de muertos en vida que parecía interminable. Caminaban como yo, cabizbajos, casi sin fuerzas, arrastrando los pies como autómatas, incapaces de entender por qué los alemanes no acababan de una vez por todas con su vida o los abandonaban allí a su suerte.

Miraba a todas partes por si, entre aquel inmenso ejército de cadáveres, podía ver a David. Pero él había marchado hacia el norte y nosotros tomamos la dirección opuesta.

El destino que nos reunió en el lugar más terrible creado por el hombre parecía separarnos, como si estuviera acostumbrado a burlarse de nosotros.

Entonces comenzó a llover. Marchábamos en filas de cinco y algunas de mis compañeras lo hacían tan cerca de la valla electrificada que terminaron electrocutadas. Se convirtieron en las últimas víctimas de Auschwitz, que parecía furioso por dejarnos partir con vida.

Se nos hundían los pies en el lodo gris, casi negro, y varias mujeres perdieron sus botas. Yo apenas sentía los dedos de los pies y cada paso representaba un esfuerzo casi insoportable.

Los guardias nos presionaban para que anduviéramos más rápido, pero era imposible. El campo nos mantenía atadas con cuerdas invisibles.

Sara caminaba a mi lado. Era una de las pocas personas que conocía. El resto se había disuelto en aquella masa humana deforme.

—¿Dónde vamos? —me preguntó Sara, cuyo aspecto se había transformado desde que dejó la orquesta. Los pómulos salientes y los ojos hundidos le daban un aspecto cadavérico.

Una mujer preguntó a un guardia dónde nos dirigíamos, y este se limitó a responder: «Siempre hacia delante».

No nos habíamos imaginado así el final del campo.

Teníamos la esperanza de que los rusos nos rescatasen y las ratas nazis huyeran despavoridas, pero poseían una capacidad de resistencia que nadie hubiera imaginado. Seguramente estaban movidos por la desesperación, porque no les quedaban muchas opciones, salvo alejarse lo más posible del frente oriental, detener a los soviéticos e intentar negociar con los aliados occidentales.

De vez en cuando escuchábamos ráfagas de balas. Algunas prisioneras intentaban escapar y otras, que caían al suelo incapaces de ponerse en pie, eran rematadas por los nazis.

Una mujer, que andaba justo delante de mí, sacó la cantimplora para echar un trago y el oficial que iba a nuestro lado le puso el arma en la sien y disparó. La sangre nos salpicó en la cara, pero ninguna de nosotras hizo el más mínimo aspaviento o intención de limpiarse. Nos concentrábamos en dar un paso más.

Unas horas después, al pasar cerca de unas granjas, una mujer se escondió entre el heno. Uno de los guardias tomó una horca y comenzó a clavarla en el forraje hasta que acertó y atravesó a la pobre desdichada. La dejaron allí medio muerta.

Caminábamos sobre el barro enrojecido por la sangre de todas las mujeres que habían caído muertas o asesinadas por los nazis.

Sara sacó del bolsillo un paquetito y me lo entregó con disimulo. Lo metí en el bolsillo y, con cuidado, le quité el envoltorio. Era un azucarillo. Me lo metí en la boca y el dulzor me embargó el paladar. Enseguida noté que recuperaba las fuerzas.

—Gracias —le dije en un susurro.

Después de una jornada entera de camino, nos llevaron hasta una granja abandonada. Nosotras íbamos de las primeras y logramos resguardarnos del frío en unos cobertizos con una pestilencia terrible a estiércol. Pero teníamos un techo sobre la cabeza y, acurrucadas unas con otras, logramos entrar en calor por primera vez aquel día.

Me quedé dormida en un instante. No sé qué soñé, pero me desperté con una sonrisa en los labios. La vuelta a la realidad fue brutal.

Me costó incorporarme. Me dolían los pies, las rodillas y las caderas. Nos dieron una especie de caldo insípido y nos obligaron a caminar de nuevo.

Al pasar por un pequeño pueblo, notamos las miradas de los aldeanos a través de los visillos. Debían de estar tan sobrecogidos que los pobres enseguida apartaban la mirada, como si intuyeran que llevábamos la muerte pegada a los zapatos y que, si nos miraban demasiado tiempo, podrían contagiarse.

Al salir de una de las aldeas, una mujer se acercó para darnos agua. Logró que una prisionera sorbiera un poco de un cazo, pero los nazis la empujaron.

—¡No les des nada a estas zorras! —gritó el guardia.

—Son personas...

La mujer insistió en ayudarnos y el soldado le disparó con su arma. Se convirtió en un cadáver más de los que íbamos dejando en el camino.

Algunos campesinos nos lanzaron panes desde lejos y salieron corriendo. Su valentía fue lo único que logró conmoverme durante aquellos días terribles.

Sabíamos que los rusos estaban muy cerca. La esperanza brillaba en los ojos de los polacos con los que nos cruzábamos. Después de casi cuatro años de ocupación, eran conscientes de que en unos días serían liberados de la aplastante barbarie de los germanos.

Sara parecía cada día más flaca y débil; yo aún conservaba las fuerzas. Lo que hacía que moviera las piernas y diera un paso tras paso era David. Nos habíamos prometido que quien llegara primero a Varsovia esperaría al otro. La guerra nos había robado demasiadas cosas, pero la esperanza era lo único que aún conservaba. Seguíamos siendo meros números, cifras que los nazis restaban de sus cuentas de esclavos. Carne de cañón, fuerza de trabajo para que la maquinaria militar nazi no se detuviera. Pero, por fortuna, todo nuestro sufrimiento sería en vano: los alemanes iban a perder la guerra.

Después de varios días de camino, llegamos de noche a una ciudad llamada Breslau. Los aviones rugían sobre nuestras cabezas, no podíamos verlos, pero brillaban en medio de la oscuridad. Los guardias nos apremiaron para que entrásemos en los vagones de ganado. Teníamos que salir cuanto antes de allí, antes de que los aliados nos lanzasen sus bombas.

En los vagones nos encontramos con decenas de cuerpos congelados. Los guardias nos obligaron a arrojarlos al exterior, y se quebraban al contactar con el suelo como si fueran figuras de cristal.

Nos aprovisionamos de nieve limpia para poder beber y una hora más tarde nos pusimos en marcha.

El frío era insoportable allí dentro, pero más llevadero que el de aquellas terribles marchas. El tren no circulaba muy rápido y se detenía de vez en cuando. Por las ventanas observábamos una Alemania que estaba cayendo en el más absoluto caos.

Cruzamos Berlín de noche. Mi amiga Susan, a la que había encontrado en el vagón, se asomó al pasar por la capital del Tercer Reich y después me invitó a que la imitara.

—Está toda destruida. Estos cerdos han recibido de su propia medicina —exclamó, como si aquel espectáculo le hubiera calmado en parte su rabia interior.

No me alegró que Berlín estuviera así. En todas las guerras hay millones de víctimas inocentes y quería pensar que, entre los alemanes, muchos deseaban desde hacía tiempo que la guerra terminase.

—Creo que sé a dónde nos dirigimos —comenté a mi amiga.

—¿Dónde? —me preguntaron Sara y Susan, temerosas de que los nazis fueran a encerrarnos en un lugar aún peor que Auschwitz.

—Creo que vamos a Ravensbrück, el mayor campo de mujeres que han construido los nazis. Muchos de los *kapos* y algunas de las guardianas habían estado antes allí. Imagino que tendremos un recibimiento a lo grande. Por no hablar del hacinamiento y del hecho de que seremos las nuevas. Tenemos que prepararnos para lo peor.

Mis palabras dejaron a mis amigas petrificadas. Todas las esperanzas de ser liberadas pronto se desvanecían de nuevo.

Éramos más de mil mujeres llenas de piojos y vestidas con andrajos las que llegamos a las afueras del campo. Muchas se habían quedado en el camino, pero habían sido más afortunadas que nosotras: los guardias nos tenían reservado un futuro todavía más horrible.

Un gran muro rodeaba el campo. En el interior hallamos pabellones grises y más barro. Al llegar de noche, nos metieron en barracones estrechos, en habitaciones individuales en las que nos echamos como sardinas enlatadas. No teníamos ventanas, el olor era insoportable. Algunas añorábamos Auschwitz: nos parecía un paraíso en comparación con aquel lugar.

El sistema alemán de campos de concentración se estaba descomponiendo y nosotras nos encontrábamos justo en el centro de aquel desastre. Los verdugos nazis iban a prolongar nuestro sufrimiento como si quisieran que sucumbiéramos con ellos. Asfixiarían nuestra alma y nuestro cuerpo para convertirnos en desechos humanos.

Mientras mi cuerpo se movía inquieto en aquella celda infecta, pensé en David y mi alma logró elevarse entre la podredumbre. Sentí sus caricias en mi mente y me acurruqué entre sus brazos. Debía sobrevivir para reunirme con él en Varsovia. Los dos teníamos que reencontrarnos y hacer que el amor triunfara frente a todo aquel horror.

29

DAVID

Camino hacia la nada, enero de 1945

Amor es aquello que nos hace existir. Un árbol que cae en mitad del bosque, del que nadie percibe su muerte, en el fondo nunca ha existido. Aquella idea era la que me mantenía en pie. Una vez, mi padre me dijo que el gran filósofo Pascal había afirmado: «El corazón tiene razones que la razón no conoce». Mi cuerpo quería rendirse y mi mente no le encontraba sentido a prolongar aquel sufrimiento, pero el corazón me hacía seguir adelante.

Supimos que Auschwitz había sido liberada por los soviéticos y maldijimos nuestra mala suerte. Los únicos prisioneros que habían quedado en los campos eran los enfermos; los nazis habían planeado asesinarlos, pero el avance ruso lo debió de impedir.

El tren nos dejó a unos pocos kilómetros del campo. Atravesamos el pueblo, que parecía casi intacto, nada que ver con todas las ciudades destruidas que habíamos encontrado en el camino. Los vecinos nos observaban con indiferencia, y otros con desprecio, una actitud muy alejada de las miradas de compasión de los polacos. Nadie nos lanzó comida o se apiadó de nosotros, para los alemanes éramos poco menos que escoria.

La llegada al nuevo campo fue caótica. Me enteré de que estábamos en Dachau, el primero que habían construido los nazis. Aquel campo modelo era mucho más pequeño que Auschwitz. En el exterior, las avenidas parecían ordenadas, como un campamento militar, pero dentro de los barracones había prisioneros esqueléticos, muchos de ellos vestidos con mantas. Sus rostros famélicos nos miraron con indiferencia, como si ya no sintieran nada.

Me fui a un rincón y saqué algo de comida que aún me quedaba de Auschwitz, aunque con aquello no podría subsistir más de dos o tres días.

Por las noches, lo único que me levantaba un poco el ánimo era pensar en mi amada. Esperaba que estuviera bien y oraba por ella con un fervor que hasta aquel momento desconocía.

Al día siguiente, los prisioneros tuvimos que sacar a los muertos fuera del barracón. Nadie se ocupó de ellos ni los llevó al crematorio. Los nazis parecían casi tan asustados como nosotros. El tifus se extendía por el campo; si no me marchaba de allí cuanto antes, no sobreviviría, y tenía que hacerlo para encontrarme con Zippi.

Los guardias entregaron unos papeles y logré leer en alemán que estaban buscando voluntarios para ir a Austria. Necesitaban prisioneros fuertes y que se encontrasen en buen estado. A pesar de las marchas de los últimos días, no había perdido demasiado peso, así que me presenté voluntario.

Nos llevaron de nuevo a la estación y nos montaron en un vagón de ganado camino a Mühldorf. Si mis cálculos no me fallaban, aquello nos acercaba al frente y a la posibilidad de escapar con vida.

Un día más tarde, escuchamos los aviones rusos muy cerca. Los guardias nos sacaron de los vagones para que nos escondiéramos en el bosque.

Los ataques constantes de los aliados nos obligaban a parar cada poco rato. Siempre era la misma operación: salir a toda prisa, correr hacia lugares a resguardo mientras los nazis disparaban a los aviones, cada vez con menos ganas, y regresar poco después a los vagones.

—Tenemos que escapar —comenté a un par de prisioneros que recordaba de Auschwitz.

—Los alemanes disparan a todos los que se alejan.

—Es cierto, pero no vamos a llegar a nuestro destino. Los guardianes nos matarán y escaparán para salvar sus vidas. Los rusos deben de estar muy cerca.

Los dos jóvenes me miraron con cierta incredulidad, pero sabían que en el fondo tenía razón. Era mejor morir en el intento que asesinado por los nazis unas horas o unos días más tarde.

Aprovechamos un nuevo ataque para salir corriendo. Nos dirigimos a una granja que habíamos visto a lo lejos, pero, en cuanto las bombas cesaron, varios alemanes nos persiguieron. Nos encontraron escondidos en el granero. Nos apuntaron con sus armas y creí que había llegado mi fin.

—¡Al tren, cerdos judíos! —Se limitaron a encañonarnos.

Pensé que realmente nos necesitaban o que estaban hastiados de matar. En realidad, deseaban el final de la guerra tanto como nosotros.

Una hora más tarde, tuvimos una nueva oportunidad. Habíamos planeado correr en distintas direcciones para que les fuera más difícil atraparnos a todos. Nos sacaron de nuevo de los vagones. Los aviones lanzaron las bombas y las ráfagas de balas muy cerca. El soldado que se escondía a mi lado estaba sudando, parecía tan aterrorizado como yo. Noté que pisaba una pala y no lo pensé más. La agarré con rapidez, me volví y le golpeé con todas mis fuerzas en el costado. Cuando el soldado se agachó, dolorido, le aticé en la cabeza y cayó redondo. Comencé a correr y no paré. Sentía que me seguían, pero no quería mirar atrás. Siempre hacia delante, hacia la libertad. Lo importante era que por fin era libre, una palabra que me resultaba extraña y que no me atrevía a pronunciar en alto. Llevaba tiempo siendo un esclavo, aunque aún no me había dado cuenta de que las peores cadenas son las que llevamos atadas en el alma.

Pensaba en Zippi, quería reunirme con ella. No sabía dónde se encontraba el frente ni los peligros que podía encontrarme en el camino. Era hora de soñar y aquello era lo único que importaba en ese momento.

30

ZIPPI

Malchow, mayo de 1945

Malchow era uno de los subcampos dependientes de Ravensbrück. La mayoría de las prisioneras trabajaban en una fábrica de armas subterránea, pero yo conseguí que me metieran en la cocina. Tenía que lavar las ollas y los platos de los soldados, aunque mis compañeras y yo aprovechábamos el menor rastro de comida para intentar calmar un poco nuestra hambre.

La única conocida que tenía cerca era Sara Lewin, la amiga de David. Le había prometido que la protegería, pese a que era consciente de que no podía cuidar ni de mí misma.

Los rumores de que Alemania estaba perdida y que los rusos estaban asaltando Berlín nos animaban, pero nadie hubiera imaginado que la guerra se prolongaría tanto. Los alemanes habían resistido más de lo esperado, como si supieran que lo único que les quedaría tras la guerra sería humillación y dolor.

Los bombardeos se hicieron más constantes, apenas podíamos salir de los refugios. Las prisioneras estaban tan desesperadas que comían la hierba que crecía cerca de los barracones. Solo nos daban algo de pan duro, pero aquello no saciaba nuestra hambre.

—No voy a resistir —me dijo Sara, que parecía más débil cada vez.

—Ya queda poco. Sería mala suerte morirse ahora.

—Eso llevo escuchando desde hace un año —objetó intentando esbozar una sonrisa.

—Estos cerdos no pueden resistir mucho más —le contesté.

Unos días más tarde, los guardias, que en su mayoría eran del ejército porque casi todos los SS habían desaparecido, nos reunieron a todas y nos informaron de que nos iban a trasladar.

La primavera había tardado en llegar a Alemania aquel año, como si la vida se resistiera a brotar en medio de tanta muerte.

Salimos del campo a primera hora. Caminamos todo el día, pero, a medida que nos alejábamos, muchos soldados desertaban. Se ponían ropa de civiles y desaparecían.

—Nos van a matar —comentó Sara, que apenas podía caminar.

Yo no sabía qué responder. Los rusos se encontraban cada vez más cerca y los alemanes habían perdido el brillo de orgullo en la mirada.

Después de un par de días marchando casi sin rumbo, miramos a nuestro alrededor y nos dimos cuenta de que los guardias habían desaparecido. Aquella era nuestra oportunidad.

Me acerqué a un arroyo y me borré las líneas rojas de la ropa. Como era la encargada de preparar los trajes, mis líneas y las del traje de Sara las había pintado con un material que podía limpiarse con facilidad.

Nos alejamos del resto del grupo. Al dispersarnos, era más difícil que lograran atraparnos a todas. Sara y yo caminamos todo el día, sin apenas fuerzas, pero aquella sensación de libertad nos había alentado tanto que nuestros cuerpos hicieron un último esfuerzo.

Por la noche vimos una granja aparentemente abandonada. En un pajar, nos encontramos a dos hombres que parecían también refugiados. Hablaban un idioma extranjero; pensé que era danés, pero no estaba del todo segura.

Por la mañana reanudamos la marcha hacia Varsovia. Era peligroso, ya que debíamos atravesar las líneas enemigas y temíamos que nos volvieran a capturar.

Nos cruzamos con unos soldados soviéticos. Yo sabía algunas palabras en ruso que había aprendido en Auschwitz.

—Pan —les dije en su lengua, y los militares nos dieron unos pequeños bollos blancos y mantequilla. Nos pareció un manjar, después de tantos años comiendo la bazofia que nos ponían en el campo.

—Cruz Roja —nos indicaron mientras señalaban hacia el norte.

Caminamos otras tres horas hasta que llegamos a lo que parecía un campo de concentración abandonado.

En la entrada vimos unos camiones con el símbolo de la Cruz Roja. No nos daban demasiada confianza, porque los nazis utilizaban los convoyes de la organización para realizar sus fechorías más terribles, desde transportar el Zyklon B hasta el traslado de los enfermos a las cámaras de gas.

Al entrar, vimos a un grupo de mujeres y entablamos conversación con ellas. Eran polacas.

—Nos han liberado hace unas horas. Los soldados se

fueron esta mañana y llegaron estos —dijo una mujer mayor con cierto desprecio.

—¿No os fiais?

—No mucho —me contestó.

Me acerqué a uno de los voluntarios y le hablé en inglés.

—Somos suecos. Hemos entrado por el sur y hemos accedido a varios campos. Hemos presenciado cosas horribles, pero en unas horas vendrán autobuses para llevarse a los supervivientes a sus países.

Aquella noticia me reconfortó, querían ayudarnos realmente.

—Nosotras somos eslovacas.

—Lo siento, no hay transportes previstos para Checoslovaquia —me contestó.

—Yo quiero ir a Varsovia —le dije algo seria. Mi nacionalidad me había ayudado mucho en Auschwitz, pero ahora era una refugiada más, sin derecho a nada.

—Solo polacos —lo siento.

Nos quedamos aquella noche en el campamento. Nos esperaban muchos días de camino hasta Varsovia, pero con la comida y la ropa limpia habíamos recuperado en parte las fuerzas.

Alemania estaba devastada. Las ciudades en ruinas nos impresionaron. Casi todos los alemanes nos miraban con desconfianza y el resto, con miedo; tal vez temían nuestra revancha.

Nos alojamos en una iglesia. Un pastor luterano la había preparado para dar cobijo a los refugiados de cualquier lugar. Muchos alemanes escapaban hacia el sur por temor a las violaciones y al ataque de los soldados soviéticos. El país entero parecía correr de un lado al otro.

—Me llamo Hermann. No tengo mucho que ofre-cerles, pero sí un colchón, una manta y un desayuno ligero para que continúen el camino.

—¿Dónde estamos? —le pregunté. La mayoría de los carteles habían sido arrancados por los alemanes para que los soldados enemigos no pudieran orientarse en el país.

—Esto es Falkenberg. Los rusos se lo han llevado casi todo. Decenas de mujeres han sido violadas y muchas se han suicidado —comentó el hombre mientras se le humedecían los ojos.

—Reverendo, ¿por qué no hicieron más para detener a Hitler?

—Al principio creímos que era la solución, después fue demasiado tarde.

Justo en ese momento, la gente comenzó a dar voces, en especial los refugiados.

—¿Qué sucede? —pregunté.

—Hitler ha muerto, la guerra se ha acabado por fin —me contestó una refugiada ucraniana.

Miré a Sara, nos abrazamos y rompí a llorar. Sabía que todo aquello no había sucedido por la obra de una sola persona, pero la muerte de Hitler significaba sin duda el fin de la guerra. Podría ir a Varsovia y comenzar una nueva vida con David. Empezar de cero, ya fuera en Europa o en Estados Unidos, como él quería. Sentí como, por primera vez en mucho tiempo, mi cuerpo se relajaba. La pesadilla había terminado para siempre.

31

DAVID

En algún lugar cercano a Múnich, mayo de 1945

Me quedé escondido hasta que se hizo de noche. Se escuchaban disparos por todos lados y no quería que una bala perdida terminase con mi vida justo en aquel instante. Durante la tarde, en un duermevela continuo, no dejaba de repetir la dirección de mis dos tías en Estados Unidos. Aquellas palabras, que me habían mantenido con vida al principio de mi estancia en Auschwitz, regresaban entonces a mi mente como si mi familia me estuviera llamando desde el otro lado del océano.

Llegué a una nueva granja y me escondí en el granero. Llevaba casi dos días sin ver ni escuchar a nadie. Tenía la vana esperanza de que la guerra hubiera terminado, pero no quería confiarme.

Al tercer día comencé a caminar de buena mañana. Llegué a una zona más montañosa y me costó ascender por un sendero estrecho. En la cima había una gran meseta y un camino que parecía intacto, aunque algo resplandecía al fondo. Oí un estruendo de motores y me oculté para observar.

Se aproximaba una veintena de tanques, camiones y

otros transportes. Me aseguré de que no fueran alemanes. Las insignias parecían estadounidenses. Cuántas veces había soñado con la bandera de las barras y las estrellas.

Corrí hasta el primer tanque. Se detuvo justo enfrente de mí, se abrió la escotilla y salió un hombre. Me apuntó con un rifle y me preguntó:

—¿Quién eres?

No le entendí al principio. En mi cabeza bulleron todos los idiomas que conocía, poco o mucho.

—No entiendo —dije en polaco.

—¿De dónde eres? ¿A dónde vas?

Parpadeé un par de veces. Era inglés. No me lo podía creer.

—He escapado de un tren, me llevaban guardias de las SS. Vengo de Dachau.

—Ferd, que venga Ferd para hablar en polaco —gritó el cabo, que había bajado del tanque. Un hombre muy alto se aproximó, pero su polaco era tan malo como mi inglés. Después vino un hombre bajito que se llamaba Harry y me habló en yidis.

—Somos del Regimiento de Infantería 506, pertenecemos a la 101.ª División Aerotransportada del ejército de Estados Unidos.

Me quedé sin palabras. Me había pasado años soñando con un momento como aquel.

—Llevamos meses luchando en suelo austriaco y alemán. Muchos compañeros han muerto para liberar esta maldita tierra.

—Lo siento —le contesté. Nunca había pensado que para mi liberación debían antes morir decenas o cientos de soldados de países tan lejanos que jamás llegaría a ver.

—Ven conmigo —me dijo el hombre mientras me agarraba del brazo. Me llevó hasta un camión de la Cruz Roja y me ordenó de una forma un tanto brusca—: Entra ahí.

Negué con la cabeza.

—Tienen que examinarte para asegurarse de que estás bien.

Las ambulancias y los camiones de la Cruz Roja no simbolizaban lo mismo para mí que para los estadounidenses.

Un médico me examinó, me dio unas pastillas de vitaminas y después caminé con Harry hasta otro camión.

—Aquí solo tenemos uniformes. Encontraremos uno de tu talla.

Harry se me quedó mirando el tatuaje del brazo. Arrugó la frente y me dio un abrazo.

—Lo siento, muchacho, alguien tan joven no debería haber pasado por todo esto.

Por primera vez en mucho tiempo, lloré, y lo hice como si las cuencas de mis ojos fueran a verter todo el sufrimiento acumulado durante tantos años.

—¿Qué hacemos con el chico? —preguntó Harry Weiner a su superior.

—El pobre ha pasado un infierno, lo que necesita es una puta familia. Eso es lo que vamos a ser para él. Que suba en tu tanque.

Mientras íbamos montados en el tanque, otro de los tripulantes, que se llamaba Joe, me dijo:

—Hace un mes que liberaron Dachau, pero encontraron montañas de muertos, un ejército de cadáveres. Tienes suerte de haberte marchado de allí antes de convertirte en uno de ellos.

Avanzamos todo el día, pero por la noche Harry me

bajó del tanque y me llevó a la casa de un médico alemán.

—Tienes que quedarte aquí un tiempo. Te prometo que regresaré a por ti.

Las palabras del soldado me dejaron sin aliento. Creía que ya no iba a separarme del pelotón, por primera vez en mi vida me había sentido a salvo.

—Cuídalo bien. Si le sucede algo acabaré contigo y con toda tu familia, ¿entendido?

El médico alemán afirmó con la cabeza. Harry se montó en un jeep y se alejó de nosotros.

El médico me dio de cenar y después me prestó la habitación de uno de sus hijos, que estaba en el frente. Tumbado en la cama de un alemán, en un pueblo perdido de Baviera, pensé en Zippi. Me dije que debía ir a buscarla, pero no quería atravesar Alemania solo, porque podía ser aún muy peligroso. En el fondo, no sabía si estaba viva o muerta, pero cumpliría mi palabra en cuanto pudiera. Ella me esperaría, estaba seguro, solo iba a tardar un poco más de lo previsto.

32

ZIPPI

El último pueblo de Alemania, mayo de 1945

Estábamos en Polonia y por alguna razón me sentí más tranquila. Alemania seguía siendo territorio hostil, a pesar de que los soviéticos la estuvieran liberando.

Sara y yo encontramos un huerto medio abandonado y corrimos para ver qué había entre la maleza. No habíamos cenado ni desayunado y nuestros estómagos se quejaban de hambre. Arrancamos unas patatas, pero, cuando levantamos la vista, descubrimos a un soldado que llevaba una estrella roja en la gorra.

—¿Quiénes son?

Afortunadamente entendía algo de ruso.

—Somos refugiadas. Auschwitz.

El hombre frunció el ceño y después vimos que a su espalda aparecía todo el ejército ruso.

Otros dos soldados se aproximaron y el guía les dijo algo que no entendí. Tenían rasgos asiáticos. Sacaron de los pantalones bombachos unas tabletas de chocolate y nos las entregaron.

Los soldados comenzaron a repartir la comida entre otros refugiados. Era la que habían robado a los alemanes.

—Hoy es el cumpleaños de mi hermano. Sam debe de seguir en casa —le dije a Sara, intentando aguantar las lágrimas.

—Vamos a Bratislava —comentó. Sabía que nos dirigíamos a Varsovia, pero ella quería intentar buscar a los suyos.

—Están todos muertos —le dije—. Es mejor que nos hagamos a la idea. Yo quiero ir a Varsovia, David me espera allí, pero te entiendo.

Sara me abrazó.

—No sé cuántas veces me has salvado la vida. Dondequiera que tú vayas yo iré —me aseguró entre lágrimas.

—Quedan más de cuatrocientos kilómetros.

—Siempre adelante —dijo, intentando hacer una broma con las palabras de nuestros guardianes nazis.

Me pregunté dónde se habrían escondido todas aquellas ratas. Esperaba que alguna vez se hiciera justicia y pagaran por sus crímenes, pero me propuse no odiarlos. Los nazis eran máquinas de odio; si lograban que nosotros nos comportásemos igual, habrían ganado la guerra. Decidí amar. Esa era la energía que me movería a partir de aquel momento. No olvidaría, era imposible, pero no odiaría, no podía reconstruir mi vida sobre el desprecio y el deseo de venganza.

Teníamos que atravesar un país sumido en el caos y éramos dos mujeres indefensas. Decidí hacer autostop y un coche con un soldado ruso nos llevó hasta un pueblo cercano.

—Vayan en dirección contraria, donde están los norteamericanos —nos advirtió antes de dejarnos delante de una casa.

—¿Por qué dice eso?

—Estarán más seguras, nuestras ordenes son arrasar

con todo. Rusia no es ningún paraíso, se lo aseguro. A lo mejor intento pasarme al otro bando y escapar para siempre.

No seguimos el consejo del soldado ruso. Aquella noche dormimos en un campo de refugiados. Nos proporcionaron ropa limpia, comida y un mapa.

Un soldado era eslovaco y hablamos un poco con él antes de continuar nuestro camino.

—En Eslovaquia todavía hay combates. El alto el fuego no es igual en todas partes.

—Gracias por informarnos —le contesté mientras nos alejábamos.

Caminamos dos días enteros hasta que llegamos a una estación de tren. Nos colamos en un mercancías que salía hacia Varsovia, con la esperanza de hacer más cómodamente aquellos últimos kilómetros.

—¿Esto no te trae recuerdos? —me preguntó Sara.

—Sí, todo comenzó en un lugar como este. Pero ¿sabes cuál es la diferencia?

—No —contestó mi amiga.

—Ahora somos libres.

Cerré los ojos y pensé en David, que me esperaba en Varsovia. El amor nos había mantenido vivos a los dos, era el arma más poderosa del mundo. Me dormí y soñé que teníamos una hermosa casa con jardín, donde un montón de niños rubios corrían por el césped, y al fondo se divisaban edificios enormes, los más altos que había visto jamás. Aquel lugar era el paraíso, el edén del que tantas veces me había hablado David. Él tenía un sueño y yo lo compartía: nos iríamos a la otra punta del mundo, a cualquier lugar que nos permitiera ser felices y tener una familia. Las nuestras habían quedado devastadas, pero de las cenizas de nuestra generación construiríamos un mundo nuevo en el que los seres humanos volveríamos a tener valor, donde ya no seríamos nunca más números descarnados, sino personas con nombres y apellidos; seres libres que toman sus propias decisiones, sin amos vestidos de negro y con calaveras en las gorras que nos obliguen a vivir como esclavos. Libres al fin, libres de verdad.

33

DAVID

Alemania, junio de 1945

Me sentía solo. En el campo percibías enseguida la falta de intimidad, pero la sensación de que no le importabas demasiado a nadie siempre te acompañaba. Éramos una multitud de solitarios. Zippi fue quien me ayudó a encontrarme a mí mismo: me hizo recuperar la humanidad que me habían arrebatado los nazis.

Tras un par de días en la casa del médico, pensé que Harry se había olvidado de mí. La vida es la suma de las promesas que nunca se han llegado a cumplir, decepción tras decepción, hasta dejar de creer en nada.

Sentía nostalgia de la gente de Auschwitz. Era la única vida que había conocido en los últimos años, después de pasar la mayor parte de mi adolescencia detrás de aquella alambrada; lo único que me quedaba después de que toda mi familia fuera exterminada en el gueto. Toda mi familia no, pensé. Mis tías me esperaban en Estados Unidos y ya sabrían que la guerra había terminado, incluso me buscarían.

Alguien llamó a la puerta y entró la hija del médico. Me miró con curiosidad. Vestido y habiendo recuperado algo de peso, volvía a ser algo parecido a una persona.

—¿Puedo entrar?

—Es tu casa.

La chica se sonrojó, pero entró y se sentó en la silla del escritorio.

—¿Cómo es que te acogieron los norteamericanos?

Le conté todo lo que me había sucedido, desde la salida del gueto hasta mi llegada a Auschwitz, lo que había vivido allí y mi amor por Zippi.

Estaba boquiabierta. Parecía fascinada e incrédula a partes iguales. Entró el doctor y se quedó escuchando. Cuando terminé mi relato, tuve la sensación de que me había vaciado por dentro; era la primera vez que le contaba a alguien que no fuera del campo los detalles de mi vida. No estaba seguro de que me pudieran entender, que lograran imaginar por todo lo que había pasado.

—Tengo sangre judía —dijo el médico para mi sorpresa—. La estrella de David que dibujé en la entrada de la puerta es la que me ha salvado la vida, pero a ti te ha hecho pasar tanto sufrimiento... Lo siento mucho.

En aquel momento sonó un claxon y nos asomamos a la ventana. Eran Harry y Ferd, que nos saludaron con la mano. Bajé corriendo al jardín.

—Pensé que no volveríais.

—Yo siempre cumplo mis promesas. He logrado que te acepten como traductor del ejército. Bienvenido al cuerpo —me dijo Harry mientras me hacia el saludo militar.

Por la tarde vestía el uniforme de los paracaidistas. Me empeñé en aprender inglés lo más rápido que pude, sobre todo escuchando canciones. Incluso me esforcé en tener un acento perfecto de Nueva York.

Unos días más tarde, partimos para Berchtesgaden, una zona bellísima en la frontera con Austria, donde

Hitler tenía su residencia de verano. Los estadounidenses temían que algunos nazis pretendieran hacerse fuertes allí. El ejército mandó a la 101.ª al famoso Nido del Águila, de modo que partimos hacia los Alpes.

En el camino interrogamos a muchos SS. Ya no les tenía miedo, habían perdido todo su poder sobre mí. No les quedaba nada de la mirada arrogante que había visto en Varsovia la primera vez que me crucé con ellos, tampoco de aquellos ojos desorbitados por el odio que me vigilaron en Auschwitz.

Apenas había resistencia, y la poca que encontrábamos no tardaba en descomponerse. Ayudaba a Ferd con la logística.

Unos días antes de llegar al Nido del Águila, el sargento Thompson me entregó una ametralladora por si tenía que usarla. Me explicó cómo cargarla y apuntar.

Cuando llegamos allí, nos quedamos sorprendidos. La guarnición había huido, pero todo estaba intacto. Examinamos los túneles y después subimos a la mansión. Las habitaciones estaban tal y como las habían dejado Hitler y sus amigos antes de irse a Berlín. Entré en el cuarto del dictador y tuve la sensación de que olía a azufre, como si allí hubiera dormido el mismísimo diablo.

Al llegar al salón, vi un hermoso piano. Me senté a tocar y a cantar, y mis camaradas me escucharon obnubilados; jamás me habían visto tan alegre.

El último día nos acercamos a un campo de prisioneros alemanes. Los estadounidenses eran muy compasivos y los solían tratar muy bien, mucho mejor de lo que ellos nos habían tratado a nosotros.

Entonces me crucé con su mirada, la de un comandante que había reconocido del campo. Se me heló la sangre y lo señalé con la mano.

—Ese es uno de los comandantes de Auschwitz —le dije mientras comenzaba a sudar. Por un instante, todo el horror del campo de exterminio regresó a mi mente. No sabía si alguna vez podría sacar todo aquel infierno de mi interior. Respiré hondo e intenté que no me diera un ataque pánico. Auschwitz aún estaba demasiado vivo y era demasiado real para dejarlo atrás por completo.

34

ZIPPI

Varsovia, junio de 1945

Varsovia estaba tan desolada como Berlín. Los nazis ya la habían atacado con saña durante la corta guerra entre ambos países, pero el asedio soviético y la destrucción de todo el gueto la habían convertido en una montaña de escombros. La gente se refugiaba en chabolas construidas con los restos de los edificios que en otra época habían hecho de la ciudad una de las más bellas del este de Europa.

Los refugiados caminaban como ciegos por las calles desoladas. Algunos habían pasado toda la guerra entre cuatro paredes, temerosos de que sus perseguidores los descubrieran; otros, cercados por alambradas o muros, convertidos en esclavos o en poco menos que animales de carga. Quienes los habían ayudado respiraban aliviados; muchos habían muerto en el intento. Pero, a pesar de la desolación, de la falta de agua corriente y electricidad, se respiraba un optimismo que contrastaba con las fachadas caídas y las puertas calcinadas.

Fuimos a la sede del Comité Judío Estadounidense de Distribución Conjunta. Allí nos dieron algo de comida. Estaban recopilando la información sobre los supervivientes y aquellos que había perdido la vida. Todo el mundo buscaba a alguien, ya fuera a un hijo o una hija, a los padres, tíos, primos o abuelos, además de antiguos novios, esposos o amantes.

Mientras vagábamos por las calles, asistimos a las escenas más variopintas. Había gente que cantaba viejas canciones patrióticas durante mucho tiempo prohibidas, otros quemaban banderas nazis y retratos de Adolf Hitler. Se había organizado hasta un baile con una orquesta improvisada; la gente quería celebrar la vida, aunque hubiera perdido todo lo demás.

El segundo día buscamos el centro cívico judío, donde había estado una vez siendo niña, durante una visita con mi padre en Varsovia. No era capaz ni de encontrar la calle.

Un hombre, que había advertido que miraba con desesperación el solar en el que se había erigido el edificio, me contó que fue destruido en el levantamiento del gueto. Al contemplar mi cara de desesperación, se me acercó y dijo:

—En los comedores se está encontrando mucha gente. Si está buscando a alguien, puede preguntar allí.

—Muchas gracias, ha sido muy amable —le contesté, agradecida.

—Todos hemos perdido mucho. Mis dos hijos fueron capturados por los rusos, esos mismos que son nuestros libertadores, y no sé nada de ellos desde el treinta y nueve.

Los soldados soviéticos caminaban por las calles como los nuevos amos, aunque oficialmente eran héroes. Los polacos habían luchado durante décadas para quitarse su yugo y no eran ningunos ingenuos.

Estuvimos preguntando por David en el comedor social. Nadie parecía conocerlo ni haberlo visto. Entonces reconocimos a una mujer que había estado en Auschwitz; había trabajado en Kanada la mayor parte del tiempo.

—Magdalena. Eres tú, ¿verdad?

La mujer nos miró con los ojos saltones y tuve la sensación de que le parecíamos fantasmas, o tal vez no nos había identificado sin el uniforme del campo y con algo más de peso.

—¿Qué hacéis aquí? ¿No erais eslovacas?

—Estoy buscando a David. ¿Te acuerdas de él?

La mujer frunció el ceño.

—Prefiero no recordar nada de aquel lugar. Será mejor que me dejéis en paz, lo único que deseo es olvidar, pasar página y comenzar una nueva vida. Os aconsejo que hagáis lo mismo.

Una mujer gritó al fondo de la sala y se abrazó a un hombre. Al parecer era una pareja que se acaba de reencontrar. La gente comenzó a aplaudir a su alrededor.

—Si está vivo, reaparecerá, si es que quiere que alguien lo encuentre.

Sabía que Magdalena tenía razón, pero David me había hecho una promesa y estaba segura de que cumpliría su palabra. Lo conocía muy bien, habíamos compartido todo durante años. Era mi alma gemela.

Pasaron los días, después las semanas. Sara y yo recorríamos todos los comedores, visitábamos las oficinas de la agencia judía, vagabundeábamos por la ciudad en ruinas, pero no encontramos ni rastro de David y su dulce sonrisa. ¿Cuánto tiempo más debía esperarlo? ¿Estaría vivo o muerto? Aquella sola idea me torturaba.

35

DAVID

Alemania, julio de 1945

Creía ver a antiguos guardias de Auschwitz por todas partes. Ahora que estaba a salvo, sentía una sed de venganza que me sorprendía. Vestido con mi uniforme de soldado estadounidense y con la pistola, notaba que todos me respetaba y temían.

Una tarde, uno de los refugiados se me acercó para informarme de que había visto a un soldado alemán escondido en un granero. No le dije nada a Harry ni al resto de los chicos, y me dirigí al lugar sin saber bien qué pretendía hacer.

Abrí la puerta en semipenumbra, saqué el arma y me acerqué a la paja. La removí, al principio sin ver a nadie, hasta que una sombra se desplazó hacia la pared de madera por la que se introducían estrechos haces de luz.

—¿Quién eres? ¿Qué haces aquí?

El hombre se acercó despacio con las manos en alto. Debía de tener más de cuarenta años y vestía con un traje sucio y una corbata corta.

—No me haga nada, por favor.

—¿Dónde está tu uniforme? Antes erais muy valientes, pero ahora os escondéis como ratas.

—No me haga daño, tengo una familia...

—¿Piensas que todos nosotros no la teníamos? —le dije mientras notaba que una mezcla de oído y tristeza se me atragantaba en la garganta.

—Luché en Rusia y en Italia, no tengo nada que ver con...

Le apunté. Acaricié el gatillo.

—Sois todos iguales. ¿Por qué razón debería respetar tu vida? ¿Os creíais dioses? Sois peores que bestias.

El hombre temblaba, pero mi odio seguía creciendo. El gatillo estaba a punto de ceder, pero disparé al aire y el nazi corrió despavorido.

En la entrada, me apropié de su motocicleta, me dirigí hasta mi división e intenté olvidar el incidente.

Supe qué me había retenido mucho después, cuando nos dirigíamos a París. Me di cuenta de que, de haberlo matado, me hubiera convertido en un verdugo, con aquella ansia de poder y dominio. Dios o la justicia humana debían encargarse de esos tipos, pensé mientras contemplaba el paisaje sentado al lado de Harry, camino de la capital francesa.

—¿Qué pasa con tu novia polaca? Esto te aleja de Varsovia.

El comentario de mi amigo me pilló desprevenido. Alguna vez le había comentado mi historia de amor, pero llevaba tiempo intentando no pensar en nada.

—Necesito alejarme de todo esto. Siento el odio a flor de piel. Si me quedo en Polonia o en Alemania, voy a cometer alguna tontería. ¿Has matado a muchos hombres?

Harry se encogió de hombros.

—He pasado gran parte de la guerra en el tanque.

He disparado muchas veces, pero prefiero pensar que no le he dado a nadie. No me gustaría cargar con ninguna muerte en la conciencia.

—¿Cuándo regresáis a América?

—No lo sé, puede que nos movilicen para combatir en el Pacífico. La guerra contra los japoneses continúa, aunque espero que cuando lleguemos ya haya acabado. Estoy muy cansado.

—¿Podrías llevarle una carta a mis tías Helen y Rose?

—Claro, David, será un placer. Pero quizá llegaría antes si la envías por correo.

La compañía no fue trasladada de inmediato y, a primeros de agosto, Japón aceptó la capitulación sin condiciones tras el lanzamiento de dos bombas atómicas.

En septiembre, Harry ya estaba en casa y, por lo que me contó por carta, fue a visitar a mis dos tías. Le recibieron con desconfianza y después le dijeron sin rodeos que no estaban interesadas en que fuera a vivir con ellas.

Aquella respuesta me dejó desolado. Pensé en regresar a Polonia. Los pocos amigos que me quedaban en París estaban volviendo a Estados Unidos y Zippi ya no estaría esperándome en Varsovia; si lo hacía, seguramente estaría muy decepcionada.

Me propusieron trabajar para el ejército en Múnich, ayudando en la distribución de alimentos, pero no estaba seguro de poder regresar a Alemania. Tenía que meditarlo muy bien, aún tenía pesadillas con Auschwitz. Entonces lo entendí todo: Zippi formaba parte de ese pasado que necesitaba y quería olvidar. Llegar a aquella conclusión fue muy doloroso, tanto que me desgarró el alma, pero debía dejar todos mis recuerdos atrás o no volvería a ser feliz nunca más.

Me quedé un tiempo más en París. Al menos allí, con todos los cabarets y las cervecerías, podía anestesiarme un poco. Prefería no sentir, no seguir sufriendo, olvidarme de todo, vivir el instante. Era lo único que me quedaba, porque estaba solo en el mundo: la única persona que en realidad me amaba era el reflejo de un mundo que había dejado atrás para siempre.

36

ZIPPI

Eslovaquia, septiembre de 1945

Mientras mi hermano Sam bailaba en su boda, mi mente no dejaba de regresar al pasado. Pensé en cómo habría sido la nuestra, los dos vestidos de gala, reflejándonos en los ojos del otro. Dejándonos llevar por la música. Estaba segura de que David habría cantado algo y la gente se habría emocionado escuchando su voz aterciopelada.

Unos días más tarde me marché de Bratislava. Ya nada me unía a aquella ciudad, prefería viajar y olvidar.

Estaba en Feldafing cuando un doctor que ayudaba a refugiados en una organización llamada UNRRA me ofreció un puesto para organizar un campo. Al final me decidí a echar una mano, porque si seguía pensando en David iba a volverme loca.

Era muy gratificante ver que los niños se recuperaban de sus enfermedades; sus rostros sonrientes eran lo único que me llenaba de verdad.

Un día del verano de 1946, fui con un grupo de estadounidenses y otros voluntarios al lago Starnberg. Estábamos pasando una tarde agradable cuando me di cuenta de que alguien se estaba ahogando. Corrí a socorrerlo y saqué del agua a un hombre joven, moreno, de pelo rizado y grandes ojos oscuros. Al mirarlo más de cerca, su rostro me resultó familiar.

—¿Zippi? —me preguntó.

Me quedé mirándolo sin saber qué decir.

—Soy Erwin —prosiguió ante mi estupor—: No te acordarás de mí, porque en Auschwitz eras todo un personaje. Estuvieron a punto de trasladarte a la fábrica de municiones en la que yo trabajaba, pero tu amiga Katya no lo permitió. Hubiera sido tu jefe.

Me quedé sin palabras. Ahora recordaba su cara, pero nunca habíamos hablado antes.

—Soy el responsable de seguridad de UNRRA.

Pasamos el resto del día charlando y después regresamos juntos al campamento. Tras cenar algo ligero, nos tumbamos en el césped y seguimos con nuestra conversación hasta que me di cuenta de que había amanecido.

—¿Quieres dar un paseo? —me pidió Erwin.

Caminábamos entre los árboles cuando me cogió de la mano y me besó.

—¿Por qué? —le pregunté.

—Porque estamos vivos y necesitamos una segunda oportunidad. Tenemos derecho a ser felices y a olvidar el pasado.

Seguía amando a David aquella mañana fresca de verano, pero decidí amar a Erwin. A veces el amor es una cuestión de elección. El destino había permitido que se cruzara de nuevo un hombre especial en mi vida, alguien que me amaba y que estaba dispuesto a dejarlo todo por mí. Alguien que me ayudaba a soñar de nuevo. Y la vida no es nada si no eres capaz de verla al trasluz de tus propios sueños.

37

DAVID

Burdeos, febrero de 1946

Mientras subía a bordo pensé que era mejor no mirar atrás. Los últimos años habían sido terribles, mi corazón estaba devastado y había intentado de todas las formas posibles no pensar en Auschwitz. Zippi formaba parte de ese pasado y no había tratado de ponerme en contacto con ella.

El SS Monarch of the Seas era un barco no muy grande que se había habilitado para transportar inmigrantes a América. Estados Unidos no permitió la llegada de judíos durante los años treinta, pero ahora se sentía en deuda con todos los que habían quedado atrapados en Alemania y sus estados satélites, de forma que se concedían algunos visados para supervivientes del Holocausto.

Las dos semanas en el barco se me hicieron eternas, pero la tranquilidad y el sosiego me vinieron bien. Necesitaba recuperar las riendas de mi vida. Durante años me había limitado a sobrevivir, pero ahora tenía que descubrir lo que quería hacer y no mirar atrás.

Cuando llegué a la terminal del puerto de Hoboken,

frente a la ciudad de Nueva York, contemplé los edificios enormes desde aquella orilla del río Hudson y sentí que me daba un vuelco el corazón. Soñar me había salvado en cierta manera, y pensar en mis tías y en una vida mejor en Estados Unidos se convirtió durante mi cautiverio en la única esperanza a la que aferrarme.

Miré al muelle y vi allí a toda mi familia. Rose y Helen me esperaban con sus esposos e hijos. Mi amigo se equivocó de dirección y visitó a una mujer con el mismo apellido de casada, pero en cuanto se enteraron de que había sobrevivido lograron localizarme y ponerse en contacto conmigo.

—¡Davidja!

La inconfundible voz de mí tía Helen me hizo recordar a mis padres, aquellos días felices que habían pasado. Las pequeñas cosas son las que realmente nos llenan, aunque estemos empeñados en perseguir solo el éxito o la fama.

Nos fundimos en un abrazo. Sentí que corría por nuestras venas la misma sangre, me sentí de nuevo en casa.

Lo único que poseía era mi uniforme, la guerra me lo había arrebatado todo. Izzy, el esposo de Rose, nos llevó a todos a la Sexta Avenida y entramos en unos grandes almacenes. Jamás en mi vida había contemplado tanta abundancia.

Mientras recorríamos Manhattan y los carteles luminosos comenzaban a brillar sobre nuestras cabezas, por unos segundos pensé en Zippi, en qué estaría haciendo en aquel instante y si habría encontrado su lugar en el mundo.

38

ZIPPI

En algún lugar de Europa, diciembre de 1949

La llamada me dejó petrificada. Al escuchar su voz alegre, no supe qué decir. Dejé que hablara, porque pensé que en algún momento se disculparía. Yo tenía una vida plena con Erwin, pero su desprecio había dejado una herida profunda en mi corazón. David se limitó a contarme su viaje a Estados Unidos y lo feliz que era allí. Cuando finalizó su interminable monólogo, solo me hizo una pregunta:

—¿Quieres que nos veamos?

—No —le contesté sin dar más explicaciones.

Algo se había roto dentro de mí en aquella primavera de 1945. El mundo tenía muchas heridas que sanar; había que pasar página e intentar seguir adelante. Auschwitz regresaba a menudo a mi mente para torturarme. Me preguntaba si había cedido demasiado, si mi colaboración con los verdugos había ayudado a que su maquinaria de muerte estuviera mejor engrasada. Las pruebas que Katya y yo habíamos facilitado a la resistencia polaca fueron claves para juzgar a numerosos criminales de guerra, pero otros muchos vivían tranquilos, como si nada hubiera sucedido.

A veces me preguntaba si Auschwitz fue real, si le convenía a la humanidad olvidar o recordar aquel horror.

La vida me había ofrecido una segunda oportunidad y, aunque no acertaba a descifrar por qué millones de personas no habían tenido tanta suerte, comprendí que el propósito de aquel regalo inmerecido era darme a los demás y mostrar al mundo las terribles consecuencias del odio.

Colgué el teléfono y me eché a llorar. Lo echaba de menos. Había dejado un hueco en mi alma que nadie podría ocupar jamás, pero me sentía una mujer plena, fuerte y con ganas de cambiar el mundo.

A veces miraba al cielo y preguntaba en voz alta: «¿Dónde está el castigo que toda esa gente merece? ¿Nadie vengará a los muertos?». La respuesta que recibía era siempre la misma: «Ve tú, lucha tú. Muéstrale al mundo lo que sucedió y derrota al mal por medio del amor».

Epílogo

Manhattan, Nueva York, agosto de 2016

La vejez es la cárcel que teje el cuerpo al alma antes de que escape a la eternidad. Me sentía como la joven de dieciocho años que intentaba abrirse camino en Eslovaquia. Hacía mucho tiempo que mi esposo se había marchado y yo esperaba encontrarlo pronto en algún lugar. Cuando el nieto de David me llamó para preguntarme si quería ver a su abuelo, no tuve dudas. Había pasado tanto tiempo que las heridas habían cicatrizado y, de alguna manera, me había puesto en la piel de David.

Cuando entró en la habitación, sentí vergüenza, por eso pedí a mis cuidadoras que nos dejaran casi en penumbra. Ya no era la mujer que él había conocido, pero, cuando me rozó la mano, la misma corriente de felicidad me inundó de nuevo y recuperé en parte las fuerzas. Mi viejo amor no veía mis arrugas, ni mi cara casi fantasmal. Él seguía contemplando a la joven superviviente que caminaba orgullosa por el mismo infierno de Auschwitz.

—Te salvé muchas veces —le dije, y noté que su mano me apretaba un poco.

—¿Cuántas veces?

Le sonreí, nunca lo sabría a ciencia cierta, pero él también me salvó a mí. Me dio un amor que no he vuelto a experimentar jamás.

Le pregunté por qué no había acudido a nuestra cita. Se sentía avergonzado, pero en el fondo hacía tiempo que lo había comprendido. Él tenía que crecer, que vivir, que tomar su camino. A veces, la mayor expresión de amor es dejar ir al otro, permitir que se convierta en la persona que debe ser.

Cuando me quedé sola, miré cara a cara a la muerte. Muchas veces había logrado esquivarla, pero sabía que había llegado el momento de reunirme con mi madre, mis abuelos y mi padre. Celebraríamos todos juntos en el jardín una gran fiesta y nos reiríamos hasta que nos doliera la mandíbula. Aquello era la felicidad: encontrar de nuevo el camino a casa.

Aclaraciones históricas

Canción de amor de Auschwitz es una obra de ficción, aunque está inspirada en las vidas de David Wisnia y Helen Tichauer. A pesar de que me he ceñido a los hechos narrados en varios artículos periodísticos, en especial el de *The New York Times*, y algunos libros sobre el tema, algunas escenas han sido recreadas, así como todas las conversaciones.

He cambiado algunas fechas para adaptarlas mejor a la novela, aunque la mayoría son reales y sucedieron según la forma narrada.

La suerte de los prisioneros supervivientes de Auschwitz fue dispar. Por ejemplo, Katya logró sobrevivir a la guerra y, junto con Zippi, ayudó a recuperar las pruebas que permitieron reconstruir lo sucedido en Auschwitz. Otros prisioneros prefirieron mantenerse en el anonimato e intentar superar el trauma del campo por sí mismos.

Helen Spitzer Tichauer murió en 2018. Ella y su esposo, Erwin Tichauer, dedicaron su vida a los demás. Zippi trabajó en varios proyectos de las Naciones Unidas y vivieron sus últimos años en Estados Unidos, donde Erwin ejerció de profesor en la Universidad de Nueva York.

David Wisnia logró labrarse un futuro en Estados

Unidos. Se casó y fue su hijo, rabino liberal, quien le animó a volver a ver a Zippi.

Rudolf Höss, comandante en Auschwitz, fue ahorcado por sus crímenes en el campo de exterminio. Escribió unas memorias en las que afirmaba estar arrepentido de todos sus crímenes.

Maria Mandl, o Mandel, intentó escapar, pero fue detenida en Austria y, tras ser juzgada, murió en la horca el 24 de enero de 1948.

A pesar del escándalo que supuso descubrir las atrocidades de Auschwitz, únicamente 750 de los 6.500 miembros de las SS que trabajaron en el campo fueron condenados, la mayoría por tribunales en Polonia. En 1965, se reabrió el caso en Frankfurt y, de los veintidós procesados, diecisiete fueron condenados por sus crímenes.

En la actualidad, muchos niegan el intento de exterminio de los judíos y otras minorías perpetrado por los nazis. Sirva esta novela como recordatorio y homenaje a los hombres, mujeres y niños que fueron destruidos por la maquinaria de muerte nazi, para que la historia no se repita de nuevo.

Cronología

25 de enero de 1940. Las SS, inspiradas por Himmler, deciden construir un campo de concentración cerca de Oświęcim (Auschwitz).

De mayo a junio de 1940. Entran los primeros prisioneros en Auschwitz. El 20 de mayo de 1940, llega un transporte con unos treinta presos alemanes, todos ellos criminales. Esos hombres se convertirán en los primeros *kapos* de Auschwitz.

1 de marzo de 1941. El *Reichsführer*-SS Heinrich Himmler visita personalmente las instalaciones de Oświęcim (Auschwitz). En esta visita, ordena la ampliación de las instalaciones del campo de Auschwitz I para albergar a treinta mil prisioneros, así como la construcción de un campo cerca de Birkenau para unos cien mil prisioneros de guerra soviéticos. Himmler visitará en otras ocasiones Auschwitz, en 1942, para observar las primeras matanzas en las cámaras de gas.

3 de septiembre de 1941. Se producen los primeros gaseamientos de prisioneros en Auschwitz I. Las SS prueban el gas Zyklon B; matan a 600 prisioneros de guerra soviéticos y a otros 250 prisioneros enfermos o débiles.

15 de febrero de 1942. El primer transporte de judíos

de Bytom (Beuthen), en la Alta Silesia, llega a Auschwitz I. Las autoridades del campo, miembros de las SS, los asesinan a todos con Zyklon B.

31 de diciembre de 1942. Los nazis deportan a 175.000 judíos a Auschwitz en 1942. La mayoría de ellos murieron asesinados.

29 de enero de 1943. La Oficina Central de Seguridad del Reich ordena que todos los gitanos de Alemania, Austria y el Protectorado de Bohemia y Moravia sean deportados a Auschwitz para ser liberados después de la guerra. A finales de 1943, más de 23.000 gitanos malviven en Auschwitz. De ellos, alrededor de 21.000 serán asesinados en las cámaras de gas o morirán por la crudeza del campo.

Del 1 de abril de 1943 a marzo de 1944. Los nazis deportan a aproximadamente 160.000 judíos a Auschwitz.

2 de mayo de 1944. Los dos primeros transportes de judíos húngaros llegan a Auschwitz, tras un acuerdo con las autoridades del país.

2 de agosto de 1944. Los nazis asesinan a los 5.000 gitanos que quedan en el campo.

De abril a noviembre de 1944. Los nazis deportan y exterminan a más de 585.000 judíos en Auschwitz.

7 de octubre de 1944. Se rebelan miembros del «destacamento especial» de prisioneros judíos, conocidos como *Sonderkommandos*, que trabajaban en las cámaras de gas y los crematorios.

25 de noviembre de 1944. Ante la liberación inminente del campo por los soviéticos, Heinrich Himmler ordena la destrucción de las cámaras de gas y los crematorios de Auschwitz-Birkenau, para ocultar las pruebas de sus crímenes.

Del 17 al 27 de enero de 1945. A medida que se acercan las tropas soviéticas, las SS evacuan hacia el oeste a los prisioneros de Auschwitz. Hasta 15.000 personas mueren durante las marchas forzadas.

27 de enero de 1945. Las tropas soviéticas liberan el campo de Auschwitz, donde malviven unos 7.000 prisioneros.

Agradecimientos

Un libro siempre es un trabajo arduo y solitario, pero únicamente es posible con el apoyo y ayuda de mucha gente.

Quiero expresar mi agradecimiento a mi familia, que escucha mis historias y me acompañan en esta gran aventura que es la vida.

A Alicia, mi agente, que pica piedra conmigo cada día para que mis historias conmuevan al mundo.

A Carmen Romero y Ana María Caballero, mis editoras, que han creído en este libro y en el poder de las palabras para cambiar el mundo.

A todos los lectores de *Canción de cuna de Auschwitz*, que ya en 2016 comprendieron que estas historias debían ser contadas.

Mientras tenga aliento, no dejaré de hablar de lo que sucedió en el mundo durante los años treinta y cuarenta, aunque parezca un profeta loco que no quiere ser escuchado.

Índice